Bjørnstjerne Bjørnson

Ein fröhlicher Bursch

Eine Erzählung

Bjørnstjerne Bjørnson

Ein fröhlicher Bursch
Eine Erzählung

ISBN/EAN: 9783337353971

Hergestellt in Europa, USA, Kanada, Australien, Japan

Cover: Foto ©Andreas Hilbeck / pixelio.de

Weitere Bücher finden Sie auf **www.hansebooks.com**

Ein fröhlicher Bursch

Eine Erzählung

von

Björnstjerne Björnson

Im Insel-Verlag zu Leipzig

Pierersche Hofbuchdruckerei Stephan Geibel & Co. in
Altenburg, S.-A.

1

Öyvind hieß er, und er weinte, als er geboren wurde. Als er aber erst aufrecht auf dem Schoße der Mutter saß, lachte er, und wenn sie des Abends Licht anzündeten, lachte er so, daß es sang, weinte aber, als er nicht daran durfte. — „Aus dem Jungen muß etwas Besondres werden," sagte die Mutter.

Dort, wo er geboren war, ragte eine kahle Felswand empor, aber sie war nicht sehr hoch; Föhren und Birken sahen von oben herunter, der Faulbaum streute Blüten auf das Dach. Aber oben auf dem Dache lief ein kleiner Bock herum, den Öyvind fütterte; er sollte dort oben bleiben, daß er sich nicht verliefe, und Öyvind trug ihm Laub und Gras hinauf. Eines schönen Tages sprang der Bock herunter und lief auf den Berg hinauf; er kletterte geradeswegs in die Höhe und kam an einen Ort, wo er noch nie zuvor gewesen war. Öyvind sah den Bock nicht mehr, als er nach dem Abendbrot hinauskam, und dachte gleich an den Fuchs. Es lief ihm heiß über den ganzen Körper; er sah sich um und lockte: „Kille — kille — kille — Böckchen!" — „Bä—ä—ä—ä!" sagte der Bock oben am Bergesrand, legte den Kopf auf die Seite und sah herab.

Aber neben dem Bock lag ein kleines Mädchen auf den Knien. — „Gehört dir der Bock?" fragte sie. Öyvind stand da, sperrte Mund und Augen auf und steckte beide Hände in die Kittelhose, die er trug. — „Wer bist du?" fragte er. — „Ich bin Marit, Mutters Töchterchen, Vaters Fiedel, der Kobold im Hause, Ole Nordistuens Enkelin auf den Heidehöfen. Vier Jahre im Herbst, zwei Tage nach den Frostnächten, ich!" — „Bist du *die*?" sagte er und schöpfte

Atem, denn er hatte nicht zu atmen gewagt, solange sie sprach.

„Gehört der Bock dir?" fragte das Mädchen noch einmal. — „Jawohl," sagte er und sah hinauf. — „Ich möchte den Bock so gern haben — willst du ihn mir nicht schenken?" — „Nein, das will ich nicht."

Sie lag da und wackelte mit den Beinen und sah zu ihm hinunter, und dann sagte sie: „Aber wenn du einen Butterkringel für den Bock bekommst, kann ich ihn dann bekommen?" Öyvind war armer Leute Kind, er hatte nur einmal in seinem Leben einen Butterkringel gegessen; das war, als der Großvater zu Besuch gekommen war, und etwas Ähnliches hatte er nie, weder früher noch später, gegessen. Er sah zu dem Mädchen hinauf: „Laß mich den Kringel erst einmal sehen," sagte er. Das ließ sie sich nicht zweimal sagen, sie zeigte ihm einen großen Kringel, den sie in der Hand hielt. — „Hier ist er," sagte sie und warf ihn hinab. „Ach! er ist zerbrochen," sagte der Junge; sorgfältig sammelte er jeden Bissen auf; den allerkleinsten mußte er schmecken, und der war so gut, daß er noch einen schmecken mußte, und ehe er sichs versah, hatte er den ganzen Kringel verputzt.

„Jetzt gehört der Bock mir," sagte das Mädchen. Dem Knaben blieb der letzte Bissen im Munde stecken, das Mädchen lag da und lachte, der Bock stand daneben mit weißer Brust und braunschwarzem Haar, legte den Kopf auf die Seite und sah herüber.

„Könntest du nicht ein wenig warten?" bat der Knabe; das Herz fing ihm an zu klopfen. Da lachte das Mädchen noch mehr und richtete sich schnell auf den Knien auf. — „Nein, der Bock gehört mir," sagte sie und schlang die Arme um seinen Hals, löste eins ihrer Strumpfbänder und band es ihm um. Öyvind sah ihr zu. Sie erhob sich und fing an, den Bock mit sich fortzuziehen; er wollte nicht mitgehn und reckte den Hals zu Öyvind herunter. „Bä—ä—ä—ä!" sagte er. Sie aber griff ihm mit der einen Hand ins Haar, zog mit der andern Hand am Bande und sagte schmeichelnd: „Komm nur, Böckchen, bei mir darfst du in der Stube laufen und aus Mutters Schüsseln essen und meine Schürze fressen." Und dann sang sie:

„Komm Böckchen zum Jungen,
Komm Kälbchen zur Kuh,
Komm Kätzchen gesprungen
In schneeweißem Schuh,
Kommt aus dem Versteck
Ihr Entlein nur keck,
Kommt Täubchen mein
Mit Federchen fein,
Kommt Küchlein in Haufen,
Ihr könnt doch schon laufen,
Naß wirds im Gras bald sein,
Warm ists im Sonnenschein.
Wie schön ists im Sommer und lind,
Im Herbst weht der Wind, kommt geschwind!"

Und da stand nun der Junge!

Seit dem Winter, wo der Bock geboren war, hatte er ihn gehütet, und er hatte nie daran gedacht, daß er ihn verlieren könnte; aber nun war das im Handumdrehen geschehen, und er sollte ihn nie wiedersehen.

Die Mutter kam trällernd mit Kübeln, die sie gescheuert hatte, vom Strande herauf; sie sah den Jungen, die Beine unter sich gezogen, im Grase sitzen und weinen und kam zu ihm heran. — „Weshalb weinst du?" — „Ach, der Bock, der Bock!" — „Ja, wo ist der Bock?" fragte die Mutter und sah nach dem Dache hinauf. — „Der kommt nie wieder," sagte der Junge. — „Aber Kind, wie ist denn das zugegangen?" — Er wollte es nicht gleich gestehen. — „Hat ihn der Fuchs geholt?" — „Ja, wollte Gott, es wäre der

Fuchs!" — „Bist du von Sinnen?" sagte die Mutter, „was ist aus dem Bock geworden?" — „Ach, ach, ach — ich bin zu Schaden gekommen, ich habe ihn für einen Kringel verkauft!"

In dem Augenblick, wo er das Wort heraus hatte, begriff er wohl, was es bedeute, den Bock für einen Kringel verkauft zu haben; bisher hatte er noch gar nicht darüber nachgedacht. Die Mutter sagte: „Was glaubst du wohl, was der kleine Bock von dir denken muß, daß du ihn für einen Kringel hast verkaufen können?"

Und der Junge dachte es selbst und begriff sehr wohl, daß er auf dieser Welt nie wieder froh werden könne — und auch wohl nicht einmal bei Gott, dachte er dann.

So tiefen Kummer fühlte er, daß er sich selber gelobte, nie wieder etwas Böses zu tun, weder den Faden des Spinnrockens durchzuschneiden, noch die Schafe hinauszulassen, noch allein an die See hinabzugehn. Er schlief ein, dort, wo er lag, und er träumte von dem Bock, und daß der in den Himmel gekommen sei; der liebe Gott saß da mit einem großen Bart, gerade so wie im Katechismus, und der Bock stand neben ihm und fraß Laub von einem schimmernden Baume; Öyvind aber saß allein auf dem Dach und konnte nicht hinaufkommen.

Da fühlte er plötzlich etwas Nasses in seinem Ohr, er fuhr in die Höhe: „Bä—ä—ä—ä!" sagte es, und das war der Bock, der wieder zurückgekommen war!

„Nein, bist du wiedergekommen!" — Er sprang auf, faßte ihn bei den Vorderbeinen und tanzte mit ihm herum, als sei er sein Bruder; er zupfte ihn am Bart, und er wollte gerade mit ihm zur Mutter hinein, als er etwas hinter sich hörte und das Mädchen dicht neben sich auf dem Rasen sitzen sah. Jetzt begriff er alles. Er ließ den Bock los: „Bist du mit ihm hergekommen?" — Sie saß da und zupfte Gras mit der Hand aus und sagte: „Ich durfte ihn nicht behalten; Großvater sitzt da oben und wartet." — Während der Junge dastand und sie anstarrte, hörte er eine scharfe Stimme oben vom Wege her rufen: „Nun?" Da fiel ihr ein, was sie tun sollte; sie stand auf, ging zu Öyvind hin, steckte ihre mit Erde beschmutzte Hand in die seine, wandte sich ab und sagte: „Verzeih mir!" Aber dann war es auch aus mit ihrem Mut, sie warf sich über den Bock und weinte.

„Ich meine, du solltest den Bock doch behalten," sagte Öyvind und sah weg.

„Beeile dich jetzt!" sagte der Großvater oben auf dem Berge. Und Marit stand auf und ging schleppenden Schrittes den Berg hinan. — „Du vergißt ja dein Strumpfband," rief ihr Öyvind nach. Da wandte sie sich um und sah erst das Strumpfband an und dann ihn. Endlich faßte sie einen großen Entschluß und sagte mit erstickter Stimme weinend: „Das kannst du behalten." — Er lief ihr nach und ergriff ihre Hand. — „Ich bedanke mich vielmals!" sagte er. — „Ach, keine Ursache zu danken!" entgegnete sie, seufzte tief auf und ging weiter.

Er setzte sich wieder ins Gras nieder, der Bock graste neben ihm, aber er hatte ihn nicht mehr so lieb wie vorher.

2

Der Bock war an der Wand des Hauses angebunden, Öyvind aber stand da und schaute zu dem Berge empor. Die Mutter kam zu ihm heraus und setzte sich zu ihm; er wollte Märchen über das hören, was weit weg war, denn jetzt war ihm der Bock nicht mehr genug. Da hörte er denn, daß einstmals alles sprechen konnte: der Berg sprach mit dem Bach, und der Bach mit dem Strom, und der Strom mit dem Meere, und das Meer mit dem Himmel; dann aber fragte er, ob denn der Himmel mit niemand spräche; ja, der Himmel spräche mit den Wolken, und die Wolken mit den Bäumen, und die Bäume mit dem Grase, und das Gras mit den Fliegen, und die Fliegen mit den Tieren, und die Tiere mit den Kindern, die Kinder mit den Erwachsenen; und so ging es weiter, bis es rundherum ging, und niemand wußte, wer begonnen hatte. Öyvind sah den Berg an und die Bäume und die See und den Himmel und hatte das alles eigentlich bisher noch niemals gesehen. In diesem Augenblick kam die Katze heraus und legte sich auf die steinerne Schwelle in die Sonne. — „Was sagt die Katze?" fragte Öyvind und zeigte auf sie. Die Mutter sang:

„Die Katze liegt im Sonnenschein,
Der abends sieht zur Tür herein:
    Ein Mäusepärlein kam
    Und naschte von dem Rahm,
    Vier Stück Fisch,
    Die stahl ich mir vom Tisch,
    Und bin so rund und satt,
    Und bin so faul und matt!

Sagte die Katze."

Aber der Hahn und alle Hühner kamen. — „Was sagt der Hahn?" fragte Öyvind und klatschte in die Hände. Die Mutter sang:

„Gluckhenne ihre Flügel senkt,
Hahn steht auf einem Bein und denkt:
Die graue Gans seht bloß,
Dünkt sich wer weiß wie groß,
Doch ob sie haben kann
Verstand so wie ein Hahn?
Nun flink, ihr Hennen, soll ich euch jagen?
Unters Dach! Gute Nacht mag die Sonne jetzt sagen.
Sagte der Hahn."

Aber oben auf dem Dachfirst saßen zwei kleine Vögel und sangen. — „Was sagen die Vögel?" fragte Öyvind und lachte.

„Herr Gott, wie ist es gut zu leben
Für den, der nicht braucht zu schaffen und streben!
Sagten die Vöglein."

Und er erfuhr, was sie alle miteinander sprachen bis hinab zur Ameise, die durch das Moor kroch, und dem Wurm, der in der Borke pickte.

In demselben Sommer begann die Mutter, ihn lesen zu lehren. Bücher hatte er schon lange gehabt, und er hatte viel darüber nachgedacht, wie es wohl zugehn würde, wenn auch sie zu sprechen anfingen. Nun wurden die Buchstaben zu Tieren, Vögeln und zu allem, was da kreucht und fleugt. Bald aber fingen sie an, zusammen zu gehen, immer zu zweien; **A** blieb stehn und ruhte unter einem Baume aus, der **B** hieß, dann kam **C** und tat dasselbe; als sie aber zu dreien und vieren zusammenkamen, da war es, als wenn sie böse aufeinander würden; es wollte nicht recht gehn. Und je weiter er kam, desto mehr vergaß er, was sie waren; am längsten dachte er an das **A**, das er am liebsten hatte; es war ein kleines, schwarzes Lämmchen und war gut Freund mit allen. Bald aber vergaß er auch das **A**, das Buch enthielt kein Märchen, nur Aufgaben.

Da geschah es eines Tages, daß die Mutter zu ihm hereinkam und sagte: „Morgen fängt die Schule wieder an, du sollst mit mir nach dem Hofe gehn." Öyvind hatte gehört, daß die Schule ein Ort sei, wo viele Knaben spielten, und dagegen hatte er nichts einzuwenden. Er war sehr vergnügt; auf dem Hofe war er oft gewesen, allerdings nie, wenn Schule war, und so schritt er denn schneller als die Mutter die Hügel hinan, von Sehnsucht erfüllt. Sie kamen an die Altenteilerwohnung; ein entsetzliches Geräusch, wie bei der Mühle daheim, schallte ihnen entgegen, und er fragte die Mutter, was das sei. — „Das sind die Kinder, die lesen," antwortete sie, und darüber war er sehr erfreut, denn geradeso hatte er auch gelesen, ehe er die Buchstaben kannte. Als er hineinkam, saßen da so viele Kinder um einen Tisch herum, daß in der Kirche nicht mehr waren; andre saßen auf ihren Eßbütten an den Wänden entlang, einige umstanden in einem kleinen Haufen eine Tafel. Der Schulmeister, ein alter, grauhaariger Mann, saß auf einem Schemel am Herde und stopfte sich eine Pfeife. Als Öyvind und die Mutter eintraten, sahen alle auf, und das Mühlradgeklapper hielt inne, geradeso wie wenn der Bach gestaut wird. Alle sahen die Eintretenden an, die Mutter begrüßte den Schulmeister, der den Gruß erwiderte.

„Hier komme ich mit einem kleinen Jungen, der gern lesen lernen möchte," sagte die Mutter. — „Wie heißt der kleine Schelm?" fragte der Schulmeister und wühlte nach Tabak in dem ledernen Beutel.

„Öyvind!" sagte die Mutter, „er kennt die Buchstaben, und er kann sie zusammenfügen." — „Sieh nur an!" sagte der Schulmeister; „komm einmal her, du Flachskopf!" —

Öyvind ging zu ihm hin, der Schulmeister setzte ihn auf seinen Schoß und nahm ihm die Mütze ab. — „Was für ein hübscher kleiner Junge!" sagte er und strich ihm über das Haar. Öyvind sah ihm in die Augen und lachte. — „Lachst du über mich?" Er runzelte die Brauen. — „Ja, das tue ich!" antwortete Öyvind und lachte aus vollem Halse. Da lachte auch der Schulmeister, die Mutter lachte, die Kinder merkten auch, daß sie lachen dürften, und so lachten sie dann alle zusammen.

Damit war Öyvind in die Schule aufgenommen.

Als er sich hinsetzen sollte, wollten sie ihm alle Platz machen. Er sah sich auch lange um; sie flüsterten und sie zeigten, er drehte sich nach allen Seiten um, die Mütze in der Hand, das Buch unterm Arm. — „Nun, wirds bald?" fragte der Schulmeister, der sich wieder mit seiner Pfeife beschäftigte. Als er sich nach dem Schulmeister umwenden wollte, sah er dicht neben sich am Herde auf einer kleinen rot angestrichnen Eßbütte Marit mit den vielen Namen sitzen; sie hatte das Gesicht hinter beiden Händen verborgen und saß da und guckte zu ihm hinüber. — „Hier will ich sitzen," sagte Öyvind schnell, nahm eine Eßbütte und setzte sich neben sie. Jetzt erhob sie den Arm, der ihm zunächst war, ein wenig und sah ihn unter dem Ellenbogen weg an; sofort bedeckte auch er sein Gesicht mit beiden Händen und sah sie unter dem Ellenbogen weg an. So saßen sie und stellten sich an, bis sie lachte, da lachte auch er. Die Kinder hatten das gesehen und lachten mit. Da aber fuhr eine fürchterlich starke Stimme, die jedoch allmählich milder wurde, dazwischen: „Still, ihr Kobolde, ihr Krabbenzeug, ihr Nichtsnutze! Still, und seid hübsch artig gegen mich, ihr Zuckerferkelchen!" — Das war der Schulmeister, der die Gewohnheit hatte, aufzubrausen, aber wieder gut zu werden, ehe er fertig war. Sogleich wurde es ruhig in der Schule, bis sich die Pfeffermühlen von neuem in Bewegung setzten. Sie lasen jedes laut in seinem Buche, die

15

feinsten Diskante spielten auf, die gröbern Stimmen trommelten lauter und lauter, um das Übergewicht zu haben, und zuweilen jodelte auch wohl einer dazwischen; Öyvind hatte sein ganzes Leben lang keine solche Kurzweil gehabt.

„Ist es hier immer so?" flüsterte er Marit zu. — „Ja, so ist es hier immer," sagte sie.

Nach einer Weile mußten sie zum Schulmeister kommen und lesen; ein kleiner Junge wurde dann angestellt, mit ihnen zu lesen, und dann waren sie frei und durften wieder gehn und sich ruhig hinsetzen.

„Nun habe ich auch einen Bock bekommen," sagte sie. — „Wirklich?" — „Ja, aber so schön wie deiner ist er nicht." — „Weshalb bist du nicht öfter auf den Berg gekommen?" — „Großvater fürchtet, daß ich hinunterfallen könnte." — „Aber es ist ja nicht so hoch." — „Großvater will es aber doch nicht."

„Mutter kann so viele Lieder," erzählte er. — „Du kannst mir glauben, Großvater kann auch welche!" — „Ja, aber nicht davon, was Mutter weiß." — „Großvater kann eins vom Tanzen, er. Willst du es hören?" — „Ja, gern!" — „Aber dann mußt du näher hierherkommen, daß es der Schulmeister nicht merkt." — Er rückte zu ihr heran, und dann sagte sie ihm ein Bruchstück eines Liedes vier bis fünfmal vor, so daß der Knabe es lernte, und das war das erste, was er in der Schule lernte.

„Zum Tanz! rief die Fiedel.
Die Saiten erklangen,
Der Bursch voll Verlangen
Sprang auf und rief: ho!
Halt an! sagte Ola.
Den Schulzen stieß um er,
Hinflog mit Gebrumm der,
Sie lachten nur so!

16

Hinauf! sagte Erik,
Die Absätze dröhnten
Am Balken, es stöhnten
Die Wände beim Sprung.
Hör auf! sagte Erling
Und packt' ihn beim Kragen,
Hinaus ihn zu jagen:
Noch bist du zu jung!

Nun fix, sagte Rasmus,
Nahm Randi ums Mieder:
Den Kuß gib mir wieder,
Du weißt! Sei gescheit!
Wird nix! lachte Randi,
Eins hinter die Ohren
Gebührt solchen Toren,
Nun weißt du Bescheid!"

„Auf, Kinder!" rief der Schulmeister; „heute ist der erste Schultag, da will ich euch früher freigeben; vorher aber müssen wir noch beten und singen!" Das gab ein Leben in der Schule, sie sprangen von den Bänken, sprangen durch das Zimmer, schwatzten alle durcheinander. — „Still, ihr Teufelsbrut, ihr jungen Elstern, ihr Takelzeug! Stille! Und geht fein säuberlich durch das Zimmer, Kinderchen!" sagte der Schulmeister, und sie gingen ruhig hin und stellten sich auf, worauf der Schulmeister vor sie hintrat und ein kurzes Gebet sprach. Dann sangen sie. Der Schulmeister stimmte mit kräftigem Baß an, alle Kinder standen mit gefalteten Händen da und sangen mit, Öyvind stand zu unterst neben der Tür mit Marit zusammen und sah zu; auch sie falteten die Hände, aber sie konnten nicht singen.

Das war der erste Tag in der Schule.

3

Öyvind wuchs heran und wurde ein muntrer Junge. In der Schule war er einer der ersten, und daheim war er zu jeder Arbeit geschickt. Das kam daher, daß er daheim die Mutter liebhatte und in der Schule den Schulmeister; von dem Vater sah er nur wenig, denn entweder war dieser auf dem Fischfang, oder er besorgte ihre Mühle, in der das halbe Kirchspiel mahlen ließ.

Was in diesen Jahren am meisten auf sein Gemüt eingewirkt hatte, war die Geschichte des Schulmeisters, die ihm die Mutter eines Abends, als sie am Herde saßen, erzählt hatte. Sie senkte sich in seine Bücher hinab, sie lag jedem Wort zugrunde, das der Schulmeister sagte, und schlich in der Schule umher, wenn alles still war. Sie flößte ihm Gehorsam und Ehrfurcht ein und verlieh ihm gleichsam ein leichteres Verständnis für alles, was gelehrt wurde. Die Geschichte lautete folgendermaßen:

Baard hieß der Schulmeister, und er hatte einen Bruder, der Anders hieß. Sie hatten sich sehr lieb, ließen sich beide anwerben, lebten in der Stadt zusammen, zogen mit in den Krieg, wo sie beide zu Korporalen befördert wurden und beide bei derselben Kompagnie standen. Als sie nach dem Kriege wieder heimkehrten, fanden alle, daß es zwei stattliche Männer seien. Da stirbt ihr Vater; er hatte viel Hab und Gut, das schwer zu teilen war, und deswegen sagten sie zueinander, daß sie auch diesmal nicht uneins werden, sondern eine Auktion ansetzen wollten, wo jeder kaufen könnte, was er wollte, und dann wollten sie den Erlös teilen. Gesagt, getan! Aber der Vater hatte eine große goldne Uhr gehabt, die weit und breit berühmt war, denn es war die einzige goldne Uhr, die die Leute in dieser Gegend jemals gesehen hatten, und als diese Uhr ausgerufen wurde, wollten viele reiche Männer sie haben, bis auch beide Brüder zu bieten anfingen; darauf ließen die andern nach. Jetzt erwartete Baard von Anders, daß er ihm die Uhr überlassen würde, und Anders erwartete dasselbe von Baard; sie boten jeder einmal, um einander auf die Probe zu stellen, und sahen zueinander hinüber, während sie boten. Als die Uhr auf zwanzig Taler gekommen war, dachte Baard, daß das nicht schön gehandelt sei von dem Bruder, und fuhr fort zu bieten, bis er die Uhr ungefähr auf dreißig hinaufgetrieben hatte; als Anders noch nicht nachließ, meinte Baard, Anders wisse nicht mehr, wie gut er oft gegen ihn gewesen wäre, und daß er außerdem der älteste sei, und so kam die Uhr höher als auf dreißig Taler. Anders bot noch immer. Da bot Baard vierzig Taler auf einmal und sah den Bruder nicht mehr an; es war sehr still im Auktionszimmer, nur der Schulze wiederholte ruhig die Summe. Anders dachte, wie er so dastand, daß, wenn Baard die Mittel habe, vierzig Taler zu geben, er sie auch wohl habe, und wenn Baard ihm die Uhr nicht gönne, so wäre er im Rechte, sie zu nehmen; er überbot ihn also. Dies erschien Baard wie die größte Schande, die ihm je zugefügt worden war; er bot fünfzig Taler, und zwar ganz leise. Viele Leute standen ringsumher, und Anders dachte, so sollte ihn der Bruder nicht vor aller Ohren verhöhnen, und überbot ihn. Da lachte Baard: „Hundert Taler und meine Bruderschaft mit in den Kauf," wandte sich ab und ging zur Stube hinaus. Nach einer Weile, während er damit beschäftigt war, das eben erstandne Pferd zu satteln, kam jemand zu ihm heraus. „Die Uhr ist dein," sagte der Mann; „Anders hat nachgegeben." — In demselben Augenblick, wo Baard dies erfuhr, durchzuckte es ihn wie Reue; er dachte an den Bruder und nicht an die Uhr. Der Sattel war aufgelegt, aber er hielt inne, die Hand auf dem Rücken des Pferdes, unsicher, ob er reiten solle. Da kamen viele Leute heraus, unter ihnen Anders, und wie er den Bruder neben dem gesattelten Pferde stehn sah — er wußte ja nicht, worüber Baard jetzt nachdachte —, schrie er zu ihm hinüber: „Hab Dank für die Uhr, Baard, du sollst sie an dem Tage nicht gehn sehen, wo dein Bruder dir in den Weg tritt!" — „Auch an dem Tage nicht, wo ich wieder auf den Hof reite!" entgegnete Baard, kreideweiß im Gesicht, und schwang sich auf sein Pferd. Das Haus, wo sie zusammen mit dem Vater gewohnt hatten, betrat keiner von ihnen wieder.

Bald darauf heiratete Anders in eine Käte hinein, aber er bat Baard nicht zur Hochzeit; Baard war auch nicht in der Kirche. In dem ersten Jahre nach Andersens Verheiratung wurde die einzige Kuh, die er hatte, an der Nordseite seines Hauses, wo sie angepflöckt geweidet hatte, tot aufgefunden, und niemand wußte, woran sie gestorben war. Mehrere Unglücksfälle kamen hinzu, und es ging zurück mit ihm; am schlimmsten aber wurde es, als seine Scheune mitten im Winter abbrannte mit allem, was darin war; niemand wußte, wie das Feuer entstanden war. „Das hat jemand getan, der mir übel will," sagte Anders, und in dieser Nacht weinte er. Er war ein armer Mann geworden und verlor alle Lust zur Arbeit.

Da stand Baard am nächsten Tage in seiner Stube. Anders lag auf dem Bett, als er eintrat, sprang aber auf. — „Was willst du hier?" fragte er, schwieg dann aber und blieb stehn und starrte den Bruder unverwandt an. Baard wartete eine Weile, ehe er antwortete: „Ich will dir meine Hilfe anbieten, Anders; es geht dir nicht gut." — „Mir geht es so, wie du es mir gewünscht hast, Baard! Geh, oder ich weiß nicht, ob ich mich beherrschen kann." — „Du irrst, Anders; ich bereue —." — „Geh, Baard, oder Gott sei dir und mir gnädig." — Baard trat ein paar Schritte zurück; mit bebender Stimme sagte er: „Wenn du die Uhr haben willst, so sollst du sie bekommen!" — „Geh, Baard!" schrie der andre, und Baard wagte nicht länger zu bleiben, sondern ging.

Mit Baard aber war es so zugegangen. Sobald er hörte, daß der Bruder Not leide, taute ihm das Herz auf, aber der Stolz hielt ihn zurück. Er empfand das Bedürfnis, zur Kirche zu gehn, und dort faßte er gute Vorsätze, allein er brachte sie nicht zur Ausführung. Oft kam er so weit, daß er das Haus sehen konnte, bald aber kam jemand aus der Tür, bald war ein Fremder dort, oder auch Anders stand draußen und hackte Holz, genug, es war immer irgend etwas im Wege. Aber eines Sonntags zu Ende des Winters war er wieder in der Kirche, und da war Anders auch dort. Baard sah ihn; er war blaß und mager geworden, er trug noch dieselben Kleider wie früher, als sie noch zusammen gewesen waren, aber sie waren jetzt alt und geflickt. Während der Predigt sah er zum Pfarrer hinauf, und Baard erschien es, als sähe er gut und sanft aus, er gedachte ihrer Kinderjahre und was für ein guter Junge er gewesen war. Baard selber ging an jenem Tage zum Abendmahl, und er legte seinem Gott das feierliche Gelübde ab, daß er sich mit seinem Bruder versöhnen wolle, es möchte kommen, was da wollte. Dieser Vorsatz ging in dem Augenblick durch seine Seele, als er den Wein trank, und als er sich erhob, wollte er geradeswegs zu ihm hingehn und sich neben ihn setzen; aber es saß jemand im Wege, und der Bruder sah nicht auf. Auch nach der Predigt war wieder etwas im Wege; da waren zu viel Leute, die Frau ging neben ihm, und die kannte er nicht — er meinte, es sei das beste, zu ihm ins Haus zu gehn und ernstlich mit ihm zu reden. Als der Abend kam, tat er das. Er ging auf die Stubentür zu und lauschte; da aber hörte er seinen Namen nennen, und zwar von der Frau: „Er ging heute zum Abendmahl," sagte sie; „er hat gewiß an dich gedacht." — „Nein, er hat nicht an mich gedacht," sagte Anders. „Ich kenne ihn; er denkt nur an sich."

Dann wurde nichts mehr gesagt. Baard schwitzte, wo

er stand, obwohl es ein kalter Abend war. Die Frau drinnen war an einem Kessel beschäftigt, der auf dem Feuer brodelte und prasselte, ein Säugling weinte von Zeit zu Zeit, und Anders wiegte. Da sagte sie die wenigen Worte: „Ich glaube, ihr denkt beide aneinander, ohne es eingestehn zu wollen." — „Laß uns von etwas anderm sprechen," erwiderte Anders. Nach einer Weile erhob er sich, er wollte auf die Tür zugehn. Baard mußte sich im Holzschuppen verbergen; aber gerade dahin kam auch Anders, um einen Arm voll Holz hereinzuholen. Baard stand in der Ecke und sah ihn deutlich; er hatte seine schlechten Sonntagskleider ausgezogen und trug die Uniform, die er aus dem Kriege mit nach Hause gebracht hatte, dieselbe wie Baard seine; er hatte dem Bruder versprochen, sie nie zu berühren, sondern sie ihm zu vererben, wie ihm auch dieser das gleiche gelobt hatte. Die von Anders war jetzt geflickt und abgetragen, sein kräftiger, wohlgewachsner Körper steckte wie in einem Bündel Lumpen, und zugleich hörte Baard die goldne Uhr in seiner eignen Tasche picken. Anders ging dahin, wo das Reisig lag; aber statt sich gleich zu bücken und sich zu beladen, blieb er stehn, lehnte sich mit dem Rücken gegen einen Holzstapel und sah zum Himmel auf, an dem die Sterne hell flimmerten. Dann seufzte er tief auf und sagte: „Ja — ja — ja; Herr Gott, Herr Gott!"

Solange Baard lebte, hörte er fortan diese Worte. Er wollte auf ihn zugehn, aber in demselben Augenblick räusperte sich der Bruder, und das klang so hart — mehr gehörte nicht dazu, ihn zurückzuhalten. Anders nahm seinen Arm voll Holz auf und streifte so dicht damit an Baard vorüber, daß ihm die Reiser ins Gesicht schlugen, daß es schmerzte.

Wohl zehn Minuten lang stand er noch regungslos auf demselben Fleck, und man kann nicht wissen, wann er gegangen wäre, wenn ihn nicht nach der starken Erregung ein solcher Frost befallen hätte, daß es ihn durchschauerte.

Da ging er hinaus; er gestand sich ganz offen, daß er zu feige sei, hineinzugehn; deswegen hatte er jetzt einen andern Plan ersonnen. Aus einer Aschbütte, die in der Ecke stand, die er soeben verlassen hatte, nahm er ein paar Kohlen, suchte sich einen Kienspan, ging in die Scheune hinein, schloß hinter sich und schlug Feuer. Als er den Kienspan angezündet hatte, leuchtete er in die Höhe nach dem Nagel, an den Anders seine Laterne hängte, wenn er in der Frühe des Morgens kam, um zu dreschen. Baard zog seine goldne Uhr heraus und hängte sie an den Nagel, löschte den Kienspan aus und ging, und da fühlte er sich so erleichtert, daß er wie ein junger Bursche über den Schnee dahinlief.

Am nächsten Tage hörte er, daß die Scheune in der Nacht abgebrannt sei. Wahrscheinlich waren Funken von dem Kienspan heruntergefallen, der ihm leuchten sollte, während er die Uhr anhängte.

Dies überwältigte ihn dermaßen, daß er den ganzen Tag wie ein Kranker dasaß, sein Gesangbuch hervorholte und sang, so daß die Leute im Hause glaubten, es sei nicht ganz richtig mit ihm. Am Abend aber ging er aus; es war heller Mondschein; er ging nach dem Gehöfte des Bruders, grub auf der Brandstätte nach — und fand wirklich einen kleinen, zusammengeschmolznen Goldklumpen; das war die Uhr.

Damit in der Hand ging er an jenem Abend zum Bruder, bat um Frieden und wollte sich erklären. Wie es aber ging, ist schon erzählt worden.

Ein kleines Mädchen hatte ihn auf der Brandstätte graben sehen, ein paar Burschen, die zum Tanze gingen, hatten ihn am vorhergehenden Sonntagabend auf das Gehöft zugehn sehen. Die Leute im Hause erzählten, wie sonderbar er am Montag gewesen wäre, und da nun alle wußten, daß er und der Bruder bittere Feinde waren, so wurde die Sache bei Gericht angemeldet und ein Verhör vorgenommen.

Niemand konnte ihm etwas beweisen, aber der Verdacht ruhte auf ihm; er konnte sich jetzt weniger denn je dem Bruder nähern.

Anders hatte an Baard gedacht, als die Scheune brannte, hatte es aber zu niemand gesagt. Als er ihn am nächsten Abend bleich und verstört in sein Zimmer eintreten sah, dachte er sofort: Jetzt schlägt ihm sein Gewissen, aber für eine so schreckliche Tat gegen seinen eignen Bruder erhält er keine Vergebung. Später hörte er denn auch, daß die Leute ihn an demselben Abend, als es brannte, auf das Gehöft hatten zugehn sehen, und obwohl beim Verhör nichts nachgewiesen wurde, glaubte er steif und fest, daß Baard der Missetäter sei. Sie trafen einander beim Verhör; Baard in seinen guten Kleidern, Anders in seinen geflickten; Baard sah zu ihm hinüber, als er eintrat, und die Augen flehten, daß es Anders bis ins Herz hinein fühlte. Er will nicht, daß ich etwas sagen soll, dachte Anders, und als man ihn fragte, ob er dem Bruder die Tat zutraue, sagte er laut und bestimmt: „Nein!"

Aber seit jenem Tage ergab sich Anders dem Trunke, und es ging ihm sehr schlecht. Noch schlechter erging es jedoch Baard, obwohl der nicht trank; er war nicht wiederzuerkennen.

Da kam eines Abends spät eine arme Frau in die kleine Kammer, in der Baard zur Miete wohnte, und bat ihn, mit ihr zu kommen. Er erkannte sie; es war die Frau des Bruders. Baard wußte sofort, was sie zu ihm führe; er wurde leichenblaß, kleidete sich an und folgte ihr, ohne ein Wort zu sagen. Aus Andersens Fenster schimmerte ein schwacher Lichtschein, er blitzte und verschwand, und sie folgten dem Licht, denn es führte kein Weg über den Schnee. Als Baard wieder in der Flur stand, drang ihm ein wunderlicher Geruch entgegen, so daß ihm ganz schlecht wurde. Ein kleines Kind stand am Herd und aß Kohlen, es war über das ganze Gesicht schwarz, sah aber auf und lachte mit weißen

Zähnen; es war das Kind des Bruders. Aber hinten im Bette, mit allerlei Kleidungsstücken zugedeckt, lag Anders, abgemagert, mit klarer, hoher Stirn und sah den Bruder hohläugig an. Baard schlotterten die Knie, er setzte sich an das Fußende des Bettes und brach in heftiges Weinen aus. Der Kranke sah ihn unverwandt an und schwieg. Endlich hieß er die Frau hinausgehn, Baard aber winkte, daß sie bleiben solle — und nun fingen diese beiden Brüder an, miteinander zu reden. Sie erklärten sich alles, von dem Tage an, wo sie auf die Uhr geboten hatten, bis zu dem heutigen, wo sie sich wiedersahen. Baard schloß damit, daß er den Goldklumpen hervorzog, den er immer bei sich trug, und jetzt wurde es den Brüdern klar, daß sie sich alle diese Jahre lang nicht einen einzigen Tag glücklich gefühlt hatten.

Anders sagte nicht viel, denn er war nicht dazu imstande; Baard aber blieb am Bette sitzen, solange Anders krank war. — „Jetzt bin ich wieder ganz gesund," sagte Anders eines Morgens, als er aufwachte; „jetzt, mein Bruder, wollen wir lange zusammenleben und nie wieder voneinandergehn, wie in den alten Zeiten." Aber an dem Tage starb er.

Die Frau und das Kind nahm Baard zu sich, und sie hatten es gut seit der Zeit. Worüber sich aber die Brüder am Krankenbett unterhalten hatten, das drang durch die Wände und die Nacht hinaus, es wurde allen Leuten im Kirchspiel bekannt, und Baard wurde der geachtetste Mann unter ihnen. Alle grüßten ihn wie jemand, der ein schweres Leid gehabt und wieder Freude gefunden hat, oder wie jemand, der sehr lange fern gewesen ist. Baards Gemüt wurde stark infolge der Freundlichkeit, mit der man ihm entgegenkam, er wurde gottergeben — und er wolle etwas zu tun haben, sagte er, so entschloß sich der alte Korporal, Schulmeister zu werden. Was er den Kindern von früh bis spät einprägte, war die Liebe, und er selbst übte sie, so daß die Kleinen ihn liebten wie einen Spielkameraden und Vater zugleich.

Und diese Geschichte, die vom alten Schulmeister erzählt wurde, machte einen solchen Eindruck auf Öyvinds Gemüt, daß sie ihm zur Religion und Erziehung wurde. Der Schulmeister war für ihn ein fast übernatürlicher Mensch geworden, obgleich er so umgänglich dasaß und nur wenig schalt. Auch nur eine einzige Aufgabe nicht zu wissen, war ihm unmöglich, und lächelte er ihm zu, oder strich er ihm mit der Hand über das Haar, wenn er sie aufgesagt hatte, da war ihm den ganzen Tag froh und warm ums Herz.

Den größten Eindruck auf die Kinder machte es immer, wenn der Schulmeister ihnen zuweilen vor dem Gesang eine kleine Rede hielt und ihnen wenigstens einmal in der Woche ein paar Verse vorlas, die von der Nächstenliebe handelten. Wenn er den ersten von diesen Versen las, zitterte seine Stimme, obwohl er ihn jetzt schon seit zwanzig bis dreißig Jahren gelesen hatte; er lautete:

Seinen Nächsten man lieben muß!
Niemals tritt ihn unter den Fuß,
Läge er auch im Staube.
Alles, was lebt, ist untertan
Göttlicher Liebe! Sieh nur hinan,
Liebe gibt dir dein Glaube.

Wenn aber dann das ganze Gedicht hergesagt war und er eine Weile dagestanden hatte, sah er sie an und blinzelte mit den Augen: „Auf, ihr kleinen Kobolde, und geht hübsch ohne Lärm nach Hause; geht hübsch artig, daß ich nur Gutes von euch zu hören bekomme, Kinderchen!" — Während sie dann wie besessen lärmten, um ihre Bücher und Eßbütten zusammenzusuchen, schrie er in den Lärm hinein: „Kommt morgen wieder, sobald es hell wird, oder ich hole euch und mache euch Beine! — Kommt ja zur rechten Zeit, ihr kleinen Mädchen und Jungen, dann wollen wir fleißig sein!"

4

Über sein weiteres Heranwachsen bis zu dem Jahre vor seiner Konfirmation ist nicht viel zu berichten. Er lernte am Morgen, arbeitete am Tage und spielte am Abend. Da er einen ungewöhnlich fröhlichen Sinn hatte, währte es nicht lange, bis die in der Nähe wohnende Jugend sich in den Freistunden dort einzufinden pflegte, wo er war. Ein großer Hügel zog sich bis an die Bucht hinab, davor lag auf der einen Seite das Haus an der Bergwand, und der Wald auf der andern, wie schon berichtet worden ist, und den ganzen Winter war hier an jedem schönen Abend und des Sonntags Eisbahn für die schlittenfahrende Jugend des Kirchspiels. Öyvind war Meister auf der Schlittenbahn, er hatte zwei Schlitten, den „Scharftraber" und das „Ungetüm"; diesen lieh er größern Gesellschaften, den andern lenkte er selbst und hatte dabei Marit auf dem Schoß.

Das erste, was Öyvind in der Zeit tat, war auszugucken, wenn er aufwachte, ob Tauwetter war, und sah er, daß es jenseits der Bucht grau über den Büschen hing, oder hörte er, daß es vom Dache heruntertropfte, da ging es so langsam mit dem Ankleiden, als sei an diesem Tage nichts zu tun. Erwachte er aber, und namentlich des Sonntags, bei knarrendem Frost und klarem Wetter, hatte er die besten Kleider und keine Arbeit vor sich, nur Überhören und Kirchgang am Vormittag und dann den ganzen Nachmittag und den Abend frei — juchhe! da sprang der Junge mit einem Satz aus dem Bette, kleidete sich an, als brenne das Haus, und konnte kaum essen. Sobald der Nachmittag da war und der erste Junge am Wegesrande entlang auf seinen Skien dahergesaust kam, den Skistab über dem Kopf

29

schwang und rief, daß es an den Bergabhängen um das Wasser widerhallte, und dann einer den Weg entlang auf dem Schlitten, und noch einer und noch einer — da machte sich der Junge mit dem „Scharftraber" auf, lief den ganzen Hügel hinan und machte mit langem, gellendem Jodeln, das an der Bucht entlang von Berg zu Berg schallte und erst ganz in der Ferne erstarb, zwischen den zuletzt Angekommnen halt.

Er pflegte sich dann nach Marit umzusehen; war sie aber erst gekommen, so kümmerte er sich auch nicht mehr um sie.

Aber dann kam ein Weihnachtsfest, wo der Knabe wie auch das Mädchen ungefähr sechzehn oder siebzehn Jahre alt sein mochten und zum Frühling konfirmiert werden sollten. Am vierten Tage nach Weihnachten war ein großes Fest auf dem obersten der Heidehöfe bei Marits Großeltern, bei denen sie erzogen worden war, und die ihr dies fast nun schon seit drei Jahren versprochen hatten, jetzt aber endlich an diesem Feiertage damit herausrücken mußten.

Dazu war Öyvind eingeladen worden.

Es war ein halbklarer, nicht kalter Abend, kein Stern war zu sehen, am nächsten Tage mußte Regen kommen. Ein lauer Wind wehte über den Schnee, der hie und da von den weißen Heidefeldern weggefegt und an andern Stellen zu langen Schanzen zusammengetrieben war. Am Wege entlang war, wo kein Schnee lag, Glatteis, und das lag blauschwarz zwischen dem Schnee und dem nackten Felde und blitzte streckenweise auf, soweit man sehen konnte. An den Felswänden waren Schneelawinen niedergegangen; sie hatten Dunkelheit und Leere hinterlassen, aber zu beiden Seiten ihres Bettes war es hell und schneebekleidet, ausgenommen dort, wo sich die Birkenwälder zusammendrängten und es dunkel machten. Das Wasser war nicht zu sehen, aber halbnackte Heideflächen und Sümpfe lagen unten an den Felswänden hinauf, zerklüftet und schwer. Die Gehöfte lagen in dichtgedrängten Haufen mitten auf der Fläche; sie sahen in der Dunkelheit des Winterabends aus wie schwarze Klumpen, von denen sich Licht über das Feld ergoß, bald aus diesem, bald aus jenem Fenster. Nach den Lichtern zu urteilen, mußte es da drinnen geschäftig hergehn. Die Jugend, die erwachsne wie die halberwachsne, scharte sich von verschiednen Seiten her zusammen; die wenigsten gingen auf dem Wege, oder sie verließen ihn doch, sobald sie sich dem Gehöfte näherten, und schlichen sich dann weiter, einer hinter das Viehhaus, ein paar unter das Vorratshaus, etliche krochen hinter die Scheune und schrien wie Füchse, andre antworteten aus der Entfernung wie Katzen, einer stand hinter dem Backofen und bellte wie ein alter, bissiger Hund, dem die Quinte gesprungen ist, bis eine allgemeine Jagd angestellt wurde. Die Mädchen kamen in großen Scharen daher, sie hatten einige Burschen, in der Regel kleine Jungen, bei sich, die sich auf den Wegen um sie prügelten, um als Männer zu erscheinen. Wenn so ein Mädchenschwarm auf den Hof kam und der eine oder der andre der erwachsnen Burschen ihrer ansichtig wurde, stoben die Mädchen auseinander, flohen in die Gänge oder in den Garten hinab und mußten eine nach der andern hervorgeholt und ins Haus gezogen werden. Einige waren so verschämt, daß man Marit holen lassen mußte, daß sie sie kräftig hereinnötigte. Zuweilen kam auch wohl eine, die eigentlich gar nicht eingeladen war, und deren Absicht es durchaus nicht war, hineinzugehen, sondern die nur zusehen wollte, aber das Ende von der Sache war dann, daß sie doch wenigstens einen Tanz mitmachen sollte. Die, die Marit gern hatte, lud sie ein, zu den Altenteilern in eine kleine Kammer zu kommen, wo der Alte saß und rauchte und die Großmutter hin und her ging; man schenkte ihnen dann ein und redete sie freundlich an. Öyvind war nicht unter diesen, und das erschien ihm ein wenig wunderbar.

Der gute Spielmann des Kirchspiels konnte erst später kommen, deswegen mußten sie sich bis dahin mit dem alten behelfen, einem Häusler, den sie Grauknud nannten. Er konnte vier Tänze spielen, nämlich zwei Springtänze, einen Halling und einen alten sogenannten Napoleonwalzer; nach und nach aber hatte er den Halling in einen Schottisch umwandeln müssen, indem er den Takt veränderte, und ein Springtanz mußte auf dieselbe Weise zur Polka-Mazurka werden. Er spielte nun auf, und der Tanz begann. Öyvind wagte nicht gleich, sich zu beteiligen, denn hier waren zu viel Erwachsne; aber die Halberwachsnen taten sich bald zusammen, pufften einander vor, tranken sich Mut in dem starken Bier, und da kam auch Öyvind mit; heiß wurde es in der Stube, die Lustigkeit und das Bier stiegen ihnen zu Kopfe. Marit war an diesem Abend die begehrteste Tänzerin, wahrscheinlich weil ihre Großeltern das Fest veranstaltet hatten, und das bewirkte, daß auch Öyvind oft nach ihr sah; immer aber tanzte sie mit andern. Er wollte gern selbst mit ihr tanzen, deswegen blieb er einen Tanz über sitzen, um gleich zu ihr hineilen zu können, sobald er zu Ende war, und das tat er auch, aber ein großer Kerl mit dunkler Gesichtsfarbe und starkem Haarwuchs vertrat ihm den Weg. „Weg, Junge!" rief er und puffte Öyvind, so daß er beinahe rücklings über Marit gefallen wäre. Noch niemals war ihm so etwas begegnet, nie waren die Leute anders als freundlich gegen ihn gewesen, nie war er „Junge" genannt worden, wenn er an irgend etwas hatte teilnehmen wollen; er wurde dunkelrot, sagte aber nichts und zog sich in die Ecke zurück, wo der eben angekommne neue Spielmann saß und stimmte. Es war still in dem Gewimmel geworden, man wartete darauf, die ersten kräftigen Töne von „ihm selber" zu hören; er versuchte und stimmte, es währte lange; endlich strich er drauflos und spielte einen Springtanz. Die Burschen schrien und warfen sich Paar auf Paar in den Kreis hinein. Öyvind sah zu Marit hinüber, die dort mit dem starkhaarigen Manne tanzte; sie lachte über dessen Schulter weg, daß ihre weißen Zähne blitzten, und Öyvind empfand zum erstenmal in seinem Leben einen eigentümlich stechenden Schmerz in der Brust.

Wieder und wieder sah er sie an, aber je mehr er sie ansah, desto mehr kam es ihm vor, als sei Marit völlig erwachsen; das kann doch nicht sein, dachte er, denn sie ist doch noch mit bei unsern Schlittenfahrten. Aber erwachsen war sie doch, und der Mann mit dem starken Haarwuchs zog sie nach dem Tanz auf seinen Schoß; sie riß sich zwar los, blieb aber doch neben ihm sitzen.

Öyvind betrachtete den Mann; er trug feines blaues Tuchzeug, ein blaugewürfeltes Hemd und ein seidnes Halstuch; er hatte ein kleines Gesicht, ausdrucksvolle blaue Augen, einen lachenden, trotzigen Mund, er war hübsch. Öyvind sah mehr und mehr, er sah endlich auch sich selber an; er hatte zu Weihnachten neue Hosen bekommen, auf die er sehr stolz war, jetzt sah er aber, daß sie nur aus grauem Fries waren; die Jacke war aus demselben Stoff, aber alt und dunkel, die Weste aus gewürfeltem, eigengemachtem Stoff, ebenfalls alt und mit zwei blanken und einem schwarzen Knopf. Er sah sich um, und es schien ihm, daß wenige so schlecht gekleidet seien wie er. Marit trug ein schwarzes Mieder aus feinem Stoff, eine silberne Spange im Halstuch und ein zusammengelegtes seidnes Tuch in der Hand. Auf dem Hinterkopfe hatte sie eine kleine schwarzseidne Haube, die mit großen, geränderten seidnen Bändern unter dem Kinn befestigt war. Sie war rot und weiß und lachte; der Mann sprach mit ihr und lachte. Es wurde von neuem aufgespielt, und sie wollten wieder tanzen. Ein Kamerad kam und setzte sich neben ihn. — „Weshalb tanzt du nicht, Öyvind?" fragte er freundlich. — „Ach nein," sagte Öyvind, „ich sehe nicht danach aus." — „Du siehst nicht danach aus?" Aber ehe er fortfahren konnte, sagte Öyvind: „Wer ist der da in den blauen Tuchkleidern, der mit Marit tanzt?" —

„Das ist Jon Hatlen, du weißt, der, der lange auf der Ackerbauschule gewesen ist und jetzt den Hof übernehmen soll." — In demselben Augenblicke setzten Marit und Jon sich. — „Wer ist der Junge mit dem blonden Haar, der dort neben dem Spielmann sitzt und mich anstarrt?" fragte Jon. Da lachte Marit und sagte: „Es ist der Häuslersohn von Pladsen."

Öyvind hatte ja immer gewußt, daß er ein Häuslerjunge sei, aber bisher hatte er das nie empfunden. Er fühlte sich auf einmal so klein an Körper, kleiner als alle die andern; um sich aufrechtzuerhalten, mußte er versuchen, an all das zu denken, was ihn bis dahin froh und stolz gemacht hatte, von der Schlittenbahn an bis zu jedem einzelnen Wort. Als er auch an seine Mutter und an seinen Vater dachte, die daheim saßen und glaubten, daß er jetzt vergnügt sei, war es ihm fast, als könne er die Tränen nicht zurückhalten. Um ihn her lachte und scherzte alles, die Fiedel schallte ihm gerade ins Ohr hinein, einen Augenblick war es, wie wenn etwas Schwarzes in ihm aufsteige, aber dann fiel ihm die Schule ein mit all den Kameraden und dem Schulmeister, der ihn streichelte, und der Pfarrer, der ihm beim letzten Examen ein Buch gegeben und gesagt hatte, daß er ein tüchtiger Bursch sei. Der Vater hatte selber dabei gesessen und zugehört und ihm zugelächelt. „Sei jetzt gut, Öyvind, hörst du?" glaubte er den Schulmeister sagen zu hören, indem er auf den Schoß genommen wurde, wie damals, als er klein war. — Herr Gott, das alles hat ja so wenig zu bedeuten, und im Grunde sind alle Menschen gut; es sieht nur so aus, als wenn sie es nicht wären. Wir beide wollen tüchtig werden, Öyvind, ebenso tüchtig wie Jon Hatlen; wir wollen schon gute Kleider bekommen und mit Marit in einer hellerleuchteten Stube tanzen, unter hundert Menschen, lächeln und miteinander plaudern, zwei Brautleute, der Pfarrer, und ich im Chor, ich lächle dir zu, und die Mutter wohnt bei dir im Hause, der Hof ist groß, zwanzig Kühe,

drei Pferde, und Marit ist gut und lieb wie in der Schule —
—

Der Tanz war zu Ende; Öyvind sah Marit vor sich auf
der Bank und Jon neben ihr, das Gesicht dicht über dem
ihren; ein heftiger, stechender Schmerz durchzuckte wieder
seine Brust, und es war, als sage er zu sich selber: „Das ist ja
wahr, mir ist elend."

In demselben Augenblick erhob sich Marit und kam
gerade auf ihn zu. Sie beugte sich über ihn: „Du mußt nicht
so dasitzen und mich unverwandt anstarren," sagte sie; „du
kannst dir doch denken, daß es den Leuten auffallen muß;
hol dir jemand und tanze!"

Er antwortete nicht, aber er sah sie an und konnte
nichts dafür: seine Augen füllten sich mit Tränen. Sie hatte
sich schon aufgerichtet und wollte gehn, als sie es sah und
stehn blieb; sie wurde plötzlich dunkelrot, wandte sich um
und kehrte auf ihren Platz zurück; aber dort wandte sie sich
wieder und setzte sich an eine andre Stelle. Jon ging ihr
sofort nach.

Er stand von der Bank auf, ging zwischen den Leuten
durch, auf den Hof hinaus und setzte sich auf den Söller,
wußte dann aber nicht, was er dort sollte, erhob sich, setzte
sich jedoch wieder hin, denn er konnte ja ebensogut dort
sitzen wie anderswo. Er hatte keine Lust, nach Hause zu
gehn, wieder hineingehn mochte er auch nicht; es war ihm
alles einerlei. Er war nicht imstande, sich klarzumachen, was
eigentlich vorgefallen war; er wollte nicht denken, denn es
gab nichts, wonach er sich sehnte.

„Aber woran denke ich denn eigentlich?" fragte er sich
halblaut, und als er seine eigne Stimme gehört hatte, dachte
er: „Sprechen kannst du noch, kannst du auch wohl noch
lachen?" Und er versuchte es: ja, er konnte lachen, und
dann lachte er, laut, noch lauter, und dann fand er, daß es
köstlich sei, daß er so dasaß und ganz allein lachte — und
darüber lachte er dann auch wieder. Aber Hans, der

Kamerad, der neben ihm gesessen hatte, kam heraus, um sich nach ihm umzusehn. — „Um Gottes willen, worüber lachst du denn?" fragte er und blieb in der Tür stehn. Da hörte Öyvind auf zu lachen.

Hans blieb stehn, als erwarte er, was weiter geschehen würde; Öyvind erhob sich, sah sich vorsichtig um, und dann sagte er leise: „Nun will ich dir sagen, Hans, weshalb ich bisher so fröhlich war; das kam daher, daß ich niemand so recht liebgehabt habe; aber von dem Tage an, wo wir jemand wirklich liebhaben, sind wir nicht mehr fröhlich" — und er brach in Tränen aus.

„Öyvind!" flüsterte es draußen auf dem Hofe; „Öyvind!" Er blieb stehn und lauschte. — „Öyvind!" ertönte es noch einmal, etwas stärker. Es mußte die sein, an die er dachte. — „Ja," antwortete er ebenfalls flüsternd, trocknete schnell die Augen und trat hinaus. Da kam eine Frauengestalt langsam über den Hof. — „Bist du da?" fragte sie. — „Ja," antwortete er und stand still. — „Wer ist da bei dir?" — „Hans!" — Aber Hans wollte gehn. — „Nein, nein," bat Öyvind. Sie kam jetzt, wenn auch langsam, dicht an sie heran; es war Marit. — „Du gingst so schnell fort," sagte sie zu Öyvind. Er wußte nicht, was er darauf antworten sollte. Dadurch wurde auch sie verlegen; sie schwiegen alle drei. Hans aber schlich sich unbemerkt fort. Die beiden blieben stehn, sahen sich nicht an, rührten sich aber auch nicht. Da flüsterte sie: „Ich bin schon den ganzen Abend mit einem kleinen Weihnachtsgeschenk für dich in der Tasche umhergegangen, Öyvind, aber ich habe es dir bis jetzt nicht geben können." — Sie zog einige Äpfel, ein Stück Honigkuchen und eine kleine Flasche aus der Tasche, steckte es ihm zu und sagte, er solle es behalten.

Öyvind nahm es. — „Danke," sagte er und reichte ihr die Hand; die ihre war warm, er ließ sie gleich wieder los, als habe er sich verbrannt. — „Du hast heute abend viel getanzt." — „Ja, das habe ich getan," antwortete sie; „aber du hast nicht viel getanzt," fügte sie hinzu. — „Nein," sagte er. — „Weshalb hast du es nicht getan?" — „Ach — —"

„Öyvind!" — „Ja!" — „Weshalb saßest du da und starrtest mich so an!" — „Ach!"

„Marit!" — „Ja!" — „Weshalb mochtest du es nicht, daß ich dich so ansah?" — „Da waren so viele Menschen!" —

„Du hast heute abend viel mit Jon Hatlen getanzt!" — „Ach ja!" — „Er tanzt gut!" — „Findest du?" — „Findest du es nicht?" — „Ach ja!"

„Ich weiß nicht, woran es liegt, aber ich kann es heute abend nicht ertragen, daß du mit ihm tanzt, Marit!" — Er wandte sich ab, es hatte ihn Überwindung gekostet, dies zu sagen. — „Ich verstehe dich nicht, Öyvind." — „Ich verstehe es selber auch nicht, es ist so dumm von mir. — Leb wohl, Marit, jetzt will ich gehn." — Er tat einen Schritt, ohne sich umzusehen. Da rief sie ihm nach: „Das ist falsch, was du zu sehen geglaubt hast, Öyvind." — Er blieb stehn: „Daß du jetzt ein erwachsnes Mädchen bist, ist nicht falsch gesehen!" — Er sprach nicht aus, worauf sie gewartet hatte, deswegen schwieg sie; plötzlich aber sah sie das Glühen einer Pfeife dicht vor sich; es war ihr Großvater, der gerade um die Ecke gebogen war und an ihr vorüberkam. Er blieb stehn: „Bist du hier, Marit!" — „Ja!" — „Mit wem sprichst du?" — „Mit Öyvind!" — „Mit wem, sagtest du?" — „Mit Öyvind Pladsen!" — „Ach, mit dem Häuslerjungen aus Pladsen; komm sofort mit mir hinein!"

5

Als Öyvind am nächsten Morgen die Augen aufschlug, erwachte er aus einem langen, erquickenden Schlaf und glücklichen Traum. Marit hatte auf dem Berge gelegen und Laub auf ihn herabgeworfen; er hatte es aufgefangen und wieder hinaufgeworfen. In tausend Farben und Figuren war es auf und nieder geflattert; die Sonne schien darauf, und der ganze Berg schimmerte von oben bis unten. Als er erwachte, sah er sich um, in der Hoffnung, alles wiederzufinden; da entsann er sich aber des gestrigen Tages, und er empfand wieder denselben stechenden heftigen Schmerz in der Brust. Den werde ich wohl nie wieder los, dachte er, und eine Schlaffheit kam über ihn, als versinke die ganze Zukunft vor ihm.

„Jetzt hast du lange genug geschlafen," sagte die Mutter; sie saß nebenan und spann. „Steh jetzt auf und iß! Dein Vater ist schon im Walde und fällt Holz." — Es war, als hülfe ihm diese Stimme; ein wenig mutiger stand er auf. Die Mutter dachte wohl an die Zeit, wo sie selber getanzt hatte; denn sie saß am Spinnrad und trällerte eine Tanzmelodie vor sich hin, während er sich ankleidete und aß. Deswegen mußte er vom Tisch aufstehn und an das Fenster treten; dieselbe Schwere und Unlust legte sich auf ihn, er mußte sich zusammennehmen und an die Arbeit denken. Das Wetter war umgeschlagen, die Luft war ein wenig kälter geworden, so daß das, was gestern als Regen gedroht hatte, heute als feuchter Schnee niederfiel. Er setzte seine Pelzmütze auf, zog Schneestrümpfe, eine Seemannsjacke und Fausthandschuhe an, sagte Lebewohl und ging mit der Axt über der Schulter von dannen.

Der Schnee fiel langsam in großen, nassen Flocken; er arbeitete sich den Schlittenberg hinan, um links in den Wald einzubiegen; nie zuvor, weder im Winter noch im Sommer, war er den Schlittenberg hinangegangen, ohne an etwas zu denken, was ihn fröhlich stimmte, oder wonach er sich sehnte. Jetzt war es ein toter, schwerer Weg; er glitt aus in dem feuchten Schnee. Die Knie waren ihm steif, entweder vom gestrigen Tanz oder von der Unlust; jetzt fühlte er, daß es mit dem Schlittenfahren für dieses Jahr vorbei sei, und damit für immer. Nach etwas anderm sehnte er sich, wie er da so zwischen den Baumstämmen dahinging, wo der Schnee lautlos fiel. Ein aufgescheuchtes Schneehuhn schrie und flatterte einige Schritte vor ihm auf, sonst stand alles da, als wartete es auf ein Wort, das nie gesagt wurde. Aber was es war, wonach es ihn verlangte, wußte er selber nicht deutlich; es war keine Sehnsucht nach Hause oder in die Ferne, weder nach Lustbarkeit noch nach Arbeit; es war etwas, das wie ein Lied geradeswegs zum Himmel aufsteigt. Allmählich nahm es die Gestalt eines bestimmten Wunsches an, nämlich im Frühling konfirmiert zu werden und bei der Gelegenheit Nummer eins zu sein. Das Herz klopfte ihm, als er daran dachte, und ehe er noch des Vaters Axt in den zitternden Bäumchen zu hören vermochte, erfüllte ihn dieser Wunsch mehr als irgend etwas seit seiner Geburt.

Der Vater sagte wie gewöhnlich nicht viel zu ihm; sie schlugen beide Holz und setzten es in Haufen zusammen. Sie begegneten sich wohl hin und wieder einmal, und bei einer solchen Begegnung ließ Öyvind die schwermütigen Worte fallen: „Ein Häusler hat doch ein mühseliges Leben." — „Er wie andre!" entgegnete der Vater, spie in die Hand und griff wieder zur Axt. Als der Baum gefallen war und der Vater ihn auf den Haufen hinaufzog, sagte Öyvind: „Wenn du ein Hofbesitzer wärst, würdest du dich nicht so abmühen." — „Ach, dann gäbe es sicher andres, was auf mir lastete!" — Er griff mit beiden Händen zu. Die Mutter kam mit dem Mittagessen zu ihnen hinauf; sie setzten sich. Die Mutter war fröhlich, sie saß da und summte eine Melodie vor sich hin und schlug die Füße aneinander im Takte. „Was willst du werden, wenn du groß bist, Öyvind?" sagte sie plötzlich. — „Für einen Häuslersohn gibt es nicht viele Wege," erwiderte er. — „Der Schulmeister sagt, du müßtest aufs Seminar," sagte sie. — „Gibts da Freistellen?" fragte Öyvind. — „Die Schulkasse bezahlt," versetzte der Vater und aß weiter. — „Hast du Lust dazu?" fragte die Mutter. — „Ich habe Lust, etwas zu lernen, aber nicht, Schulmeister zu werden." — Sie schwiegen alle drei eine Weile; sie summte wieder eine Melodie vor sich hin und sah zu Boden. Öyvind aber ging fort und setzte sich für sich allein.

„Wir brauchen nicht gerade aus der Schulkasse zu leihen," sagte sie, als der Junge gegangen war. Der Mann sah sie an: „Arme Leute wie wir?" — „Ich mag es wirklich nicht, Thore, daß du dich immer für arm ausgibst, da du es ja doch einmal nicht bist." — Sie sahen beide verstohlen zu dem Jungen hinüber, ob er es auch nicht hören könnte. Dann sah der Vater seine Frau zornig an: „Du redest, wie du es verstehst." — Sie lachte. „Es ist wirklich, als wenn wir Gott nicht dafür danken sollten, daß es uns so ergangen ist," sagte sie und wurde ernsthaft. — „Man kann ihm wohl auch danken, ohne silberne Knöpfe daran," meinte der Vater. — „Ja, aber damit, daß wir Öyvind so zum Tanze gehn lassen wie gestern, danken wir ihm auch nicht." — „Öyvind ist ein Häuslersohn!" — „Deswegen können wir ihn anständig kleiden, wenn wir Rat dazu haben," sagte sie und sah den Mann tapfer an, der finster dreinblickte und den Löffel hinlegte, um zur Pfeife zu greifen. — „So eine elende Stelle wie die unsre!" sagte er. — „Ich muß über dich lachen! Immer sprichst du von der Stelle; weshalb erwähnst du die Mühlen denn nie?" — „Ach du mit deinen Mühlen! Ich glaube, du kannst sie nicht gehn hören!" — „Doch, Gott sei

Lob und Dank! Möchten sie nur Tag und Nacht gehn." — „Jetzt haben sie schon länger als seit Weihnachten gestanden." — „Die Leute mahlen aber doch nicht in der Weihnachtszeit!" — „Sie mahlen, wenn Wasser da ist, aber seit sie eine Mühle bei Nyström gebaut haben, geht es bei uns nur kläglich." — „Davon sagte der Schulmeister heute nichts." — „Ich werde meine Geldangelegenheiten von einem verschwiegnern Mann als dem Schulmeister besorgen lassen." — „Ja, er sollte zu allerletzt mit deiner eignen Frau davon sprechen!" — Thore erwiderte nichts hierauf; er hatte seine Pfeife gerade angezündet, lehnte sich jetzt gegen ein Reisigbündel und ließ den Blick erst zu der Frau, dann zu dem Sohn hinüberschweifen, bis er an einem alten Krähennest hängen blieb, das halb zerdrückt an einem Föhrenzweige hing.

Öyvind saß allein da, vor ihm lag die Zukunft wie eine lange, blanke Eisfläche, über die er zum erstenmal von einem Ufer bis zum andern dahinsauste. Daß die Armut ihn nach allen Richtungen hin hemmte, fühlte er, aber deswegen gingen auch alle seine Gedanken darauf hinaus, an ihr vorüber zu gelangen. Von Marit hatte sie ihn sicher für immer getrennt; er betrachtete sie als halbwegs mit Jon Hatlen verlobt. Aber all sein Sinnen war darauf gerichtet, den Wettlauf durch das ganze Leben mit ihr und mit ihm aufzunehmen. Sich nicht wieder wegpuffen lassen wie gestern, deswegen sich fernhalten, bis etwas aus ihm geworden war, das nahm er sich vor, und es stieg kein Zweifel in seiner Seele auf, daß ihm das nicht gelingen sollte. Er hatte das dunkle Gefühl, daß er durch Studium seinen Zweck am besten erreichen würde; zu welchem Ziel es ihn führen sollte, darüber mußte er später nachdenken.

Gegen Abend wurde wieder Schlittenbahn, die Kinder kamen auf den Hügel, Öyvind aber kam nicht. Er saß am Herd und lernte, und er hatte keinen Augenblick zu verlieren. Die Kinder warteten lange, endlich wurde eins nach dem andern ungeduldig, sie kamen herauf, preßten das Gesicht gegen die Fensterscheibe und riefen hinein; er aber tat, als höre er es nicht. Es kamen immer mehr, einen Abend nach dem andern; sie gingen in großer Verwunderung vor dem Hause umher, er aber wandte ihnen den Rücken zu und las, indem er sich getreulich bemühte, den Sinn des Gelesenen zu verstehn. Später hörte er, daß Marit auch nicht mehr käme. Er lernte mit einem Eifer, von dem selbst der Vater sagen mußte, daß er zu weit ginge. Er wurde ernsthaft; das Gesicht, das so rund und so weich gewesen war, wurde magrer, schärfer, das Auge strenger; selten sang, nie spielte er mehr; es war, als lange die Zeit nicht. Wenn die Versuchung an ihn herantrat, war es, als flüstre ihm jemand zu: Später! Später! und immer wieder: Später! Die Kinder kamen, riefen und lachten eine Weile wie früher, als sie ihn aber nicht zu sich hinauslocken konnten, weder durch ihre eigne Fröhlichkeit beim Schlittenfahren noch durch ihr Rufen mit gegen die Fensterscheiben gepreßten Gesichtern, so blieben sie allmählich weg; sie fanden andre Spielplätze, und bald stand der Hügel leer.

Der Schulmeister aber merkte bald, daß es nicht mehr der alte Öyvind war, der lernte, weil es sich so gehörte, und spielte, weil das notwendig war. Er sprach oft mit ihm, forschte und spähte; aber es wollte ihm nicht gelingen, des Burschen Herz so leicht zu finden wie in alten Zeiten. Er sprach auch mit den Eltern und kam verabredetermaßen eines Sonntagsabends gegen Ende des Winters zu ihnen und sagte, nachdem er eine Weile bei ihnen gesessen hatte: „Komm jetzt, Öyvind, wir wollen ein wenig hinausgehn, ich möchte gern mit dir reden." — Öyvind zog sich an und folgte ihm. Es ging bergauf, in der Richtung nach den Heidehöfen, die Unterhaltung war lebhaft, drehte sich aber um nichts Wichtiges; als sie in die Nähe der Höfe kamen, bog der Schulmeister nach dem in der Mitte gelegnen ein, und als sie weiter gelangten, drangen ihnen Rufe und

Fröhlichkeit entgegen. — „Was ist denn hier los?" fragte
Öyvind. — „Hier wird getanzt," sagte der Schulmeister;
„wollen wir nicht hineingehn?" — „Nein!" — „Du willst
nicht mit zu einem Tanze, Junge?" — „Nein, noch nicht!" —
„Noch nicht? Wann denn?" — Er antwortete nicht. — „Was
meinst du mit dem ‚Noch nicht'?" — Als der Junge nicht
antwortete, sagte der Schulmeister: „Komm jetzt, laß den
Unsinn!" — „Nein, ich gehe nicht!" — Er war sehr
bestimmt und zugleich bewegt. — „Daß dein eigner
Schulmeister hier stehn und dich bitten soll, zum Tanze zu
gehn!" — Es entstand ein längeres Schweigen. — „Ist
dadrinnen jemand, den zu sehen du dich fürchtest?" — „Ich
kann es nicht wissen, wer da ist." — „Könnte aber jemand
da sein?" — Öyvind schwieg. Da trat der Schulmeister
gerade vor ihn hin und legte ihm die Hand auf die Schulter:
„Fürchtest du dich, Marit zu sehen?" — Öyvind sah nieder,
sein Atem ging schwer und kurz. — „Sag es mir, Öyvind,
hörst du!" — Öyvind schwieg. — „Du schämst dich
vielleicht, es einzugestehn, da du noch nicht eingesegnet
bist; sage es mir aber trotzdem, Öyvind, und du sollst es
nicht bereuen." — Öyvind blickte auf, vermochte aber kein
Wort hervorzubringen und sah zur Seite. — „Du bist auch
in der letzten Zeit gar nicht mehr so fröhlich; mag sie denn
andre lieber als dich?" — Öyvind schwieg noch immer, der
Schulmeister fühlte sich ein wenig verletzt und wandte sich
von ihm ab; sie gingen zurück.

Als sie eine Strecke gegangen waren, blieb der Schulmeister stehn, bis Öyvind an seine Seite gekommen war. — „Du sehnst dich wohl danach, konfirmiert zu werden?" fragte er. — „Ja!" — „Was denkst du dann anzufangen?" — „Ich möchte gern auf das Seminar." — „Und dann Schulmeister werden?" — „Nein." — „Das scheint dir wohl nicht großartig genug?" — Öyvind schwieg. Sie gingen wieder eine lange Strecke. — „Wenn du nun das Seminar durchgemacht hast, was willst du dann?" — „Darüber habe ich noch nicht weiter nachgedacht." — „Wenn du Geld hättest, würdest du dir wohl gern einen Hof kaufen?" — „Ja, aber die Mühlen würde ich behalten." — „Dann ist es am besten, du gehst auf die Ackerbauschule." — „Lernen sie denn da ebensoviel wie auf dem Seminar?" — „Nein, das nicht. Aber sie lernen, was sie später gebrauchen können." — „Bekommen sie dort auch Zeugnisse?" — „Weshalb fragst du danach?" — „Ich möchte gern recht tüchtig werden." — „Das kannst du auch wohl ohne Zeugnis." — Sie gingen abermals schweigend weiter, bis sie das Haus sehen konnten; aus der Stube drang ihnen Licht entgegen, der Berg hing jetzt am Winterabend schwarz darüber, unten lag das Wasser mit blankem, schimmerndem Eis, der Wald stand ohne Schnee rings um die stille Bucht, der Mond schwebte darüber und spiegelte den Wald im Eise. — „Hier ist es schön bei euch," sagte der Schulmeister. Öyvind konnte seine Heimat zuweilen mit denselben Augen betrachten wie damals, als ihm die Mutter Märchen erzählte, oder mit dem Blick, den er zu haben pflegte, wenn er auf dem Hügel umherwanderte; jetzt war dies der Fall; alles lag hoch und hell da. — „Ja, es ist schön hier," sagte er, seufzte aber. — „Deinem Vater hat diese Stelle genügt, du könntest dir auch daran genügen lassen." — Das freundliche Aussehen der Gegend war mit einemmal verschwunden. Der Schulmeister stand da, als erwarte er eine Antwort, er erhielt aber keine. Er schüttelte den Kopf und ging mit ins Haus hinein. Dort saß er eine Weile bei ihnen, schwieg aber mehr, als daß er redete, wodurch auch die andern schweigsam wurden. Als er Abschied nahm, begleiteten ihn Mann und Frau vor die Tür; es war, als warteten sie beide darauf, daß er etwas sagen würde. — Sie blieben stehn und sahen in den Abend hinaus. — „Es ist hier so ungewöhnlich still geworden," sagte endlich die Mutter, „seitdem sich die Kinder einen andern Spielplatz gesucht haben." — „Ihr habt auch kein *Kind* mehr im Hause," sagte der Schulmeister. Die Mutter verstand, was er meinte. — „Öyvind ist in der letzten Zeit nicht mehr so fröhlich," sagte sie. — „Ach nein, wer ehrgeizig ist, ist nicht fröhlich!" — Er schaute mit der Ruhe des Greises zu Gottes stillem Himmel empor.

6

Ein halbes Jahr später, im Herbst nämlich — die Konfirmation war bis dahin hinausgeschoben worden —, saßen die Konfirmanden des Kirchspiels im Leutezimmer des Pfarrhofs, um gesetzt zu werden; unter ihnen waren auch Öyvind Pladsen und Marit von den Heidehöfen. Marit war gerade von dem Pfarrer heruntergekommen, von dem sie ein schönes Buch und viel Lob erhalten hatte; sie lachte und schwatzte mit ihren Freundinnen nach allen Seiten hin und sah sich unter den Knaben um. Marit war ein völlig erwachsnes Mädchen, leicht und frei in ihrem ganzen Wesen, und die Knaben wie auch die Mädchen wußten, daß der stattlichste junge Mann des Kirchspiels, Jon Hatlen, sich um sie bewarb; sie konnte wohl fröhlich sein, wie sie so dasaß. Unten an der Tür standen einige Mädchen und Knaben, die nicht bestanden hatten; sie weinten, während Marit und ihre Freundinnen lachten; unter ihnen war ein kleiner Junge, der seines Vaters Stiefel und seiner Mutter Sonntagstuch trug. „Gott o Gott!" schluchzte er, „ich wage nicht heimzugehn." — Und das ergriff alle die, die noch nicht geprüft worden waren, mit der Macht des Mitgefühls; es entstand ein allgemeines Schweigen. Die Angst fuhr ihnen in den Hals und in die Augen, sie konnten nicht klar sehen und auch nicht schlucken, wozu sie einen unaufhörlichen Drang fühlten. Einer saß da und überrechnete, was er könnte, und obwohl er erst wenige Stunden zuvor ausgerechnet hatte, daß er alles könne, so fand er jetzt ebenso sicher heraus, daß er nichts konnte, nicht einmal mehr fließend lesen konnte er. Ein andrer zählte sein Sündenregister zusammen von der Zeit an, wo er so groß war, daß er sich daran erinnern konnte, bis jetzt, wo er hier saß, und er fand, daß es durchaus nicht merkwürdig wäre, wenn ihn der liebe Gott diesmal noch sitzen ließe. Ein dritter saß da und achtete auf alle möglichen äußern Dinge; wenn die Uhr, die gerade schlagen sollte, zum Schlagen aushübe, ehe er bis zwanzig gezählt hätte, so kam er durch; wenn der, den er draußen auf der Diele hörte, der Knecht Lars war, dann kam er durch; wenn der große Regentropfen, der sich langsam draußen am Fenster herunterarbeitete, bis an die Leiste gelangte, so kam er durch. Die letzte und entscheidende Probe sollte sein, ob er den rechten Fuß um den linken zu schlingen vermöchte, und das war ihm ganz unmöglich. Ein vierter wußte ganz genau, wenn er in der biblischen Geschichte nur nach Joseph und im Katechismus nur nach der Taufe gefragt würde, oder auch nach Saul, oder nach der Haustafel, oder nach Jesus, oder nach den Geboten, oder — er saß noch da und überlegte, da wurde er gerufen. Ein fünfter hatte sich mit großer Vorliebe auf die Bergpredigt gelegt; er hatte von der Bergpredigt geträumt; er war fest überzeugt, daß er nach der Bergpredigt gefragt werden würde, und er sagte sich die ganze Bergpredigt leise her; er mußte sich draußen an die Wand des Hauses stellen, um die Bergpredigt noch einmal zu überlesen — da wurde er hinaufgerufen, um über die großen und die kleinen Propheten examiniert zu werden. Ein sechster dachte an den Pfarrer, der ein so prächtiger Mann war und seinen Vater so gut kannte, er dachte auch an den Schulmeister, der ein so liebevolles Gesicht hatte, und an Gott, der so barmherzig war und schon so vielen geholfen hatte, sowohl Joseph als auch Jakob, und dann dachte er daran, daß seine Mutter und seine Geschwister daheim säßen und für ihn beteten, und daß das sicher helfen würde. Der siebente saß da und leistete im stillen Verzicht auf alles das, was er hier in der Welt hatte werden wollen. Einmal hatte er gehofft, es bis zum König zu bringen, einmal bis zum General oder bis zum Pfarrer, jetzt war die Zeit vorüber; aber bis zu dem Augenblick, wo er hierher gekommen war, hatte er doch daran gedacht, zur See zu gehn und Kapitän, vielleicht Seeräuber zu werden und ungeheure Reichtümer zu erwerben; jetzt verzichtete er zuerst auf die Reichtümer, dann auf den Seeräuber, dann auf den Schiffskapitän, auf den Steuermann, beim Matrosen blieb er stehn, höchstens wollte er Bootsmann werden, ja es war möglich, daß er überhaupt nicht zur See ginge, sondern eine dienende Stellung auf dem Hofe seines Vaters annähme. Der achte war seiner Sache sicherer, wenn auch nicht ganz gewiß; denn selbst der Tüchtigste war nicht ganz sicher. Er dachte an die Kleider, in denen er eingesegnet werden sollte, und wozu sie verwandt werden würden, wenn er nicht durchkäme. Kam er aber durch, so sollte er zur Stadt und sich Tuchkleider machen lassen, und wenn er wieder heimkam, am Weihnachtsfest zum Neide aller Burschen und zum Staunen aller Dirnen tanzen. Der neunte rechnete anders; er richtete eine Art Kontobuch mit dem lieben Gott ein, worin er auf die eine Seite als Debet schrieb: Er soll mich durchlassen, und auf die andre als Kredit: Dann will ich nie wieder lügen, nie wieder klatschen, regelmäßig zur Kirche gehn, die Mädchen in Ruhe lassen und mir auch das Fluchen abgewöhnen. Der zehnte aber dachte, wenn Ole Hansen im vergangnen Jahre durchgekommen sei, so wäre es mehr als Ungerechtigkeit, wenn er selbst dies Jahr nicht durchkäme, er, der doch immer zu den Bessern in der Schule gehört hatte und außerdem aus besserer Familie war. Neben ihm saß der elfte, der sich mit den schrecklichsten Racheplänen trug, falls er nicht durchkäme; entweder wollte er die Schule in Brand stecken oder aus dem Kirchspiel weglaufen und als vernichtender Richter des Pfarrers und der ganzen Schulkommission wiederkommen, dann aber großmütig Gnade für Recht ergehn lassen. Zuerst wollte er bei dem Nachbarpfarrer in der benachbarten Gemeinde in

Dienst treten und dort im nächsten Jahre den ersten Platz erringen und so antworten, daß die ganze Kirche sich wundern sollte. Der zwölfte aber saß ganz allein unter der Uhr, die Hände in den Hosentaschen und sah wehmütig über die Versammlung hin. Niemand hier wußte, welche Bürde er trug, welche Verantwortung auf ihm lastete. Daheim war eine, die es wußte, denn er war verlobt. Eine große, langbeinige Spinne lief über den Fußboden und näherte sich seinem Fuß; er pflegte so ein ekelhaftes Insekt totzutreten, heute aber hob er liebevoll den Fuß auf, daß es in Frieden gehn könne, wohin es wolle. Seine Stimme war sanft wie die eines Kollektensammlers, seine Augen sagten unaufhörlich, daß alle Menschen gut seien, seine Hand machte eine demütige Bewegung aus der Tasche bis zum Haar hinauf, um es glatter zu streichen. Wenn er sich nur gnädig durch dies gefährliche Nadelöhr hindurchwinden könnte, wollte er auf der andern Seite schon wieder wachsen, Tabak rauchen und die Verlobung veröffentlichen. Aber unten auf dem niedrigen Schemel, die gekreuzten Beine unter sich gezogen, saß der unruhige dreizehnte; seine kleinen, blitzenden Augen durchliefen das ganze Zimmer dreimal in der Sekunde, und unter seinem dicken, struppigen Schädel wälzten sich die Gedanken von den zwölfen in bunter Unordnung hin und her, von der gewaltigsten Hoffnung bis zu dem zermalmendsten Zweifel, von den demütigsten Vorsätzen bis zu den die ganze Gemeinde zerstörenden Racheplänen, und währenddes hatte er all das noch übrige Fleisch an seinem rechten Daumen verzehrt, machte sich nun an die Nägel und spuckte große Stücke davon über den Fußboden.

Öyvind saß am Fenster, er war oben gewesen und hatte alle Fragen, die ihm gestellt worden waren, beantwortet; aber der Pfarrer hat nichts gesagt, ebensowenig der Schulmeister. Über ein halbes Jahr lang hatte er daran gedacht, was die beiden wohl sagen würden, wenn sie erführen, wie er gearbeitet hätte, und er fühlte sich nun sehr enttäuscht und zugleich gekränkt. Da saß Marit, die für ungleich geringere Anstrengungen und Kenntnisse sowohl eine Ermunterung wie eine Belohnung erhalten hatte; gerade um in ihren Augen groß dazustehn, hatte er gearbeitet, und jetzt erreichte sie lachend, woran er mit so viel Entsagung gearbeitet hatte. Ihr Lachen und Scherzen brannte ihm in der Seele; die Freiheit, mit der sie sich bewegte, tat ihm weh. Er hatte es sorgfältig vermieden seit jenem Abend, mit ihr zu sprechen; Jahre müssen vergehn, dachte er; aber als er sie so heiter und überlegen dasitzen sah, fühlte er sich durch ihren Anblick zu Boden gedrückt, und alle seine stolzen Vorsätze hingen da wie feuchtes Laub.

Nach und nach versuchte er jedoch, es abzuschütteln. Es kam darauf an, ob er heute Nummer eins wurde, und darauf wartete er. Der Schulmeister pflegte noch einige Zeit nachher bei dem Pfarrer zu bleiben, um die Reihenfolge zu ordnen, und dann herunterzukommen und den jungen Leuten den Ausfall mitzuteilen; es war ja nicht die endgültige Entscheidung, aber es war das, worüber der Pfarrer und er vorläufig übereingekommen waren. Die Unterhaltung im Zimmer wurde immer lebhafter, je mehr die Prüfung hinter sich hatten und glücklich durchgekommen waren. Aber jetzt fingen die Ehrgeizigen an, sich stark von den Fröhlichen abzusondern; diese gingen, sobald sie Gesellschaft gefunden hatten, um den Eltern ihr Glück mitzuteilen, oder sie warteten auf andre, die noch nicht fertig waren. Die ersten wurden dagegen immer stiller, ihre Augen sahen gespannt nach der Tür.

Endlich war die Prüfung zu Ende; die letzten waren heruntergekommen, und der Schulmeister sprach also jetzt mit dem Pfarrer. Öyvind sah Marit an, sie war noch ebenso fröhlich, aber sie blieb doch sitzen, ob um ihrer selber willen oder andrer wegen, wußte er nicht. Wie schön war Marit geworden; blendendweiß und fein war ihre Haut, wie keine andre sie hatte, die er bisher gesehen hatte; sie trug das Näschen etwas hoch, ihren Mund umspielte ein Lächeln. Die Augen waren halb geschlossen, wenn sie nicht gerade jemand ansah; gerade deshalb wirkte ihr Blick, aber, wenn er jemand traf, mit ungeahnter Macht — und als wollte sie zu verstehn geben, daß sie nichts damit meinte, lächelte sie ein wenig dabei. Das Haar war eher dunkel als hell, aber es war lockig und fiel zu beiden Seiten tief hinab, so daß es zusammen mit den halbgeschlossenen Augen ihr etwas Geheimnisvolles verlieh, das man nie ganz zu ergründen vermochte. Man war nie völlig sicher, wen sie eigentlich ansah, wenn sie für sich allein oder unter andern saß; auch nicht woran sie eigentlich dachte, wenn sie sich dann an jemand wandte und sprach, denn sie nahm gleichsam sofort wieder zurück, was sie gab. Hinter diesem allen liegt wohl eigentlich Jon Hatlen verborgen, dachte Öyvind, sah sie aber beständig an.

Da kam der Schulmeister. Jeder verließ seinen Platz und stürmte auf ihn ein. „Welche Nummer habe ich bekommen?" — „Und ich? — Und ich, und ich?" — „Still! Ihr großen Jungen! Keinen Spektakel hier! — Ruhig Kinder, dann sollt ihr es hören! — Du bist Nummer zwei," sagte er zu einem Knaben mit blauen Augen, der ihn flehentlich ansah, und der Knabe tanzte jubelnd aus dem Kreise. „Du bist der dritte!" — er klopfte einem kleinen, flinken Rotkopf, der hinter ihm stand und ihn an der Jacke zerrte, auf die Schulter. „Du bist Nummer fünf; du bist Nummer acht" usw. Er erblickte Marit: „Du bist Nummer eins von den Mädchen;" sie wurde dunkelrot über Gesicht und Hals, versuchte aber zu lächeln. „Du, Nummer zwölf, bist ein Faulpelz gewesen und ein großer Schelm; von dir, Nummer elf, war nichts Besseres zu erwarten, mein Junge; du, Nummer dreizehn, mußt noch tüchtig lernen vor der Katechese, sonst ergeht es dir schlecht!" — —

Öyvind konnte es nicht länger aushalten; Nummer eins

war freilich noch nicht genannt, aber er stand doch die ganze Zeit so, daß der Schulmeister ihn sehen konnte. — „Schulmeister!" — Er hörte nicht. — „Schulmeister!" — Dreimal mußte er es wiederholen, ehe er gehört wurde. Endlich sah der Schulmeister ihn an: „Nummer neun oder Nummer zehn, ich entsinne mich nicht mehr, welche von beiden," sagte er und wandte sich an einen andern. — „Wer ist denn Nummer eins?" fragte Hans, Öyvinds bester Freund. — „Du bist es nicht, du Krauskopf!" sagte der Schulmeister und schlug ihn mit einer Papierrolle auf die Hand. — „Wer ist es denn?" fragten mehrere; „wer ist es, ja, wer ist es?" — „Das erfährt der, der die Nummer hat," erwiderte der Schulmeister streng; er wollte nicht weiter gefragt werden. — „Geht nun hübsch nach Hause, Kinder, dankt euerm Gott und macht euern Eltern Freude! Bedankt euch auch bei euerm alten Schulmeister; ihr hättet schön dagesessen und die Nägel gekaut, wenn er nicht dagewesen wäre!" — Sie dankten ihm und lachten, sie zogen jubelnd von dannen, denn in diesem Augenblick, wo sie nach Hause zu den Eltern sollten, waren sie alle froh. Nur einer blieb zurück, der seine Bücher nicht gleich finden konnte, und der sich, als er sie gefunden hatte, wieder hinsetzte, als wolle er von neuem anfangen, über sie wegzulesen. Der Schulmeister ging zu ihm heran: „Nun, Öyvind, willst du nicht mit den andern gehn?" — Er antwortete nicht. — „Weshalb schlägst du deine Bücher auf?" — „Ich will sehen, was ich heute verkehrt beantwortet habe." — „Du hast gar nichts verkehrt beantwortet." — Da sah Öyvind ihn an, Tränen traten ihm in die Augen, er sah ihn unverwandt an, während eine nach der andern die Wange hinabrollte, aber er sagte kein Wort. Der Schulmeister setzte sich vor ihn hin: „Bist du jetzt nicht froh, daß du durchgekommen bist?" — Es zitterte um seinen Mund, aber er antwortete nicht. — „Deine Mutter und dein Vater werden sehr froh sein," sagte der Schulmeister und sah ihn an. — Öyvind kämpfte lange, ein Wort herauszubringen, endlich fragte er leise und abgebrochen: „Ist es — weil ich — ein Häuslersohn — bin, daß ich den neunten oder zehnten Platz haben soll?" — „Gewiß ist es deswegen," antwortete der Schulmeister. — „Dann nützt es mir ja nichts, wenn ich arbeite," sagte er klanglos und brach zusammen über all seinen Träumen. Plötzlich richtete er den Kopf in die Höhe, hob die rechte Hand auf, schlug mit voller Macht auf den Tisch, warf sich auf sein Gesicht nieder und brach in heftiges Weinen aus.

Der Schulmeister ließ ihn liegen und weinen, sich so recht ausweinen. Es währte lange, aber der Schulmeister wartete, bis das Weinen kindlicher wurde. Da nahm er seinen Kopf mit beiden Händen, hob ihn auf und sah ihm in das verweinte Gesicht: „Meinst du, daß es Gott gewesen ist, der jetzt bei dir war?" sagte er und zog ihn freundlich an sich. Öyvind schluchzte noch, aber kürzer; die Tränen rannen stiller, aber er wagte nicht, den, der die Frage stellte, anzusehen, noch ihm zu antworten. — „Dies, Öyvind, ist der Lohn für das, was du verschuldet hast. Du hast nicht aus Liebe zu deinem Christentum und zu deinen Eltern gelernt, sondern einzig und allein aus Eitelkeit." — Es wurde jedesmal still im Zimmer, wenn der Schulmeister sprach; Öyvind fühlte seinen Blick auf sich ruhen, und unter ihm wurde er weich und demütig. — „Mit einem solchen Zorn im Herzen hättest du nicht vortreten dürfen, um das Bündnis mit deinem Gott zu schließen; hättest du das wohl können, Öyvind?" — „Nein," stammelte er, so gut er es vermochte. — „Und hättest du dagestanden mit eitler Freude darüber, daß du Nummer eins wärest, hättest du da nicht mit Sünde da vorn gestanden?" — „Ja," flüsterte er, und es zuckte um seinen Mund. — „Du hast mich noch lieb, Öyvind?" — „Ja!" — Er sah zum erstenmal auf. — „Dann will ich dir auch sagen, daß ich es war, der dich heruntergesetzt hat; denn ich habe dich sehr lieb, Öyvind." — Dieser sah ihn an, blinkte ein paarmal mit den Augen, und dann strömten ihm die Tränen von den Wangen herab. — „Du hast doch deswegen nichts gegen mich?" — „Nein!" — Er sah voll und klar zu ihm auf, wenn auch die Stimme gequält klang. — „Mein liebes Kind; ich will um dich sein, solange ich lebe."

Er wartete auf ihn, bis er sich zurechtgemacht und seine Bücher wieder zusammengesucht hatte, dann sagte er, daß er ihn nach Hause begleiten wolle. Sie gingen langsam heimwärts; anfangs war Öyvind noch still und kämpfte mit sich, allmählich aber überwand er sich. Er war so davon überzeugt, daß das Vorgefallne das Beste sei, das ihm jemals hätte widerfahren können, und ehe er zu Hause anlangte, war dieser Glaube so stark geworden, daß er seinem Gott dafür dankte und es dem Schulmeister aussprach. — „Ja, nun wollen wir daran denken, daß du etwas im Leben erreichst," sagte der Schulmeister, „und nicht hinter Irrlichtern und Nummern herjagst. Was sagst du zum Seminar?" — „Ja, ich möchte gern dahin." — „Du meinst die Ackerbauschule?" — „Ja!" — „Das ist auch gewiß das beste für dich; sie eröffnet andre Aussichten als auf eine Schulmeisterstelle." — „Aber wie soll ich nur dahin kommen? Ich habe große Lust, aber weiß keinen Rat." — „Sei fleißig und brav, dann wird sich schon Rat finden."

Öyvind fühlte sich ganz überwältigt von Dankbarkeit. Es flimmerte ihm vor den Augen, sein Atem ging schneller, das Feuer der unendlichen Liebe loderte in ihm, das hervorbricht, wenn man die unerwartete Güte der Menschen empfindet. Die ganze Zukunft stellt man sich einen Augenblick wie eine Wanderung in frischer Bergluft vor; man wird mehr getragen, als man geht.

Als sie daheim anlangten, waren beide Eltern in der Wohnstube und hatten in stiller Erwartung dagesessen, obwohl es Arbeitszeit war und sie viel zu tun hatten. Der Schulmeister kam zuerst herein. Öyvind folgte ihm, beide lächelten. — „Nun?" sagte der Vater, er legte ein

Gesangbuch hin, worin er gerade das ‚Gebet eines Konfirmanden' gelesen hatte. Die Mutter stand am Herde; sie wagte nichts zu sagen, sie lachte, aber ihre Hand war unsicher. Sie erwartete offenbar etwas Gutes, wollte sich aber nicht verraten. — „Ich wollte nur gern mitkommen, um euch die freudige Nachricht zu überbringen, daß er alle Fragen beantwortet hat, die ihm gestellt wurden, und daß der Pfarrer, als er gegangen war, sagte, er habe nie einen tüchtigern Konfirmanden gehabt!" — „Ach nein!" sagte die Mutter und war ganz bewegt. — „Das ist ja schön," sagte der Vater und räusperte sich unsicher.

Nachdem alle eine Weile geschwiegen hatten, fragte die Mutter leise: „Welche Nummer hat er denn bekommen?" — „Nummer neun oder zehn," sagte der Schulmeister ruhig. Die Mutter sah den Vater, dieser erst sie und dann Öyvind an; „ein Häuslersohn kann nicht mehr erwarten," sagte er. Öyvind sah ihn wieder an. Nochmals war es ihm, als wolle ihm etwas im Halse aufsteigen, aber er bezwang sich, indem er schnell an allerlei Liebes dachte, eins nach dem andern, solange bis er es hinuntergeschluckt hatte.

„Jetzt ist es wohl am besten, wenn ich gehe," sagte der Schulmeister, nickte und wandte sich um. Beide Eltern begleiteten ihn der Gewohnheit gemäß bis auf die steinerne Schwelle; dort nahm der Schulmeister einen Priem und sagte lächelnd: „Er wird doch Nummer eins werden; aber es ist besser, wenn er nichts davon erfährt, bis der Tag kommt." — „Nein, nein," sagte der Vater und nickte. — „Nein, nein," sagte die Mutter und nickte auch. — „Ja, hab du vielen Dank," sagte der Vater, und der Schulmeister ging; sie aber standen noch lange da und sahen ihm nach.

7

Der Schulmeister hatte einen scharfen Blick gehabt, als er den Pfarrer bat, zu prüfen, ob Öyvind es auch verdiene, der Erste zu sein. Während der drei Wochen, die bis zur Konfirmation verstrichen, war er jeden Tag bei dem Knaben; eine junge, weiche Seele kann wohl einem Eindruck nachgeben, etwas andres aber ist es, was sie mit Treue festhalten wird. Viele finstre Stunden kamen über den Knaben, ehe er lernte, den Maßstab für seine Zukunft von bessern Dingen als von Ehre und Trotz abzuleiten. Wenn er gerade so recht mitten in der Arbeit saß, verlor er die Lust und gab die Arbeit auf: Wozu, was gewinne ich dabei? — und dann, eine Weile später gedachte er des Schulmeisters, seiner Worte und seiner Güte; aber dieses menschlichen Mittels bedurfte er jedesmal, um wieder emporzusteigen, wenn er von dem Verständnis seiner höhern Pflicht herabgestürzt war.

In den Tagen, wo man sich daheim auf die Konfirmation vorbereitete, traf man auch Anstalten zu seiner Reise auf die Ackerbauschule; denn am Tage darauf sollte diese vor sich gehn. Schneider und Schuster saßen in der Stube, die Mutter buk in der Küche, der Vater arbeitete an einem Koffer. Es wurde viel darüber gesprochen, was er ihnen in den zwei Jahren kosten würde, daß er das erste Weihnachtsfest, vielleicht auch das zweite nicht nach Hause kommen könne, und wie schwer es sein würde, sich so lange getrennt zu wissen. Es wurde auch von der Liebe geredet, die er zu seinen Eltern haben müsse, die um ihres Kindes willen so große Opfer bringen wollten. Öyvind saß da wie jemand, der sich auf eigne Hand hinausgewagt hatte, aber übergesegelt und nun von freundlichen Menschen aufgenommen worden war.

Ein solches Gefühl verleiht Demut, und mit ihr kommt noch vieles andre. Als der große Tag herannahte, durfte er sich vorbereitet nennen und durfte ihm mit zuversichtlicher Hingebung entgegensehen. Jedesmal, wenn Marits Bild mit dabei sein wollte, schob er es vorsichtig beiseite, fühlte aber den Schmerz wohl, wenn er es tat. Er versuchte, sich hierin zu üben, kam aber niemals vorwärts damit, im Gegenteil, der Schmerz nahm zu. Deswegen fühlte er sich müde am letzten Abend, als er nach einer langen Selbstprüfung bat, daß Gott ihn in diesem Punkte nicht prüfen möge.

Der Schulmeister kam, als es Abend wurde. Sie setzten sich alle in die Wohnstube, nachdem sie sich gewaschen und gekämmt hatten, wie das Sitte ist am Abend, ehe man zum Abendmahl oder zur Hochmesse geht. Die Mutter war bewegt, der Vater schweigsam; hinter dem Feste am andern Tage lag der Abschied, und es war ungewiß, wann sie wieder beisammensitzen würden. Der Schulmeister holte das Gesangbuch hervor, sie hielten Andacht und sangen, und hinterher sprach er ein kurzes Gebet, so wie ihm die Worte kamen.

Diese vier Menschen saßen nun bis in die Nacht zusammen, und ihre Gedanken hielten stille Einkehr; endlich schieden sie mit den besten Wünschen für den kommenden Tag und das, was er bringen würde. Öyvind mußte einräumen, als er sich schlafen legte, daß er sich noch nie so glücklich niedergelegt hätte; heute abend gab er dieser Stimmung eine eigne Deutung; er verstand nämlich darunter: nie habe ich mich so ergeben in Gottes Willen und so fröhlich in ihm niedergelegt. — Marits Gesicht wollte alsbald wieder vor ihn treten, und das letzte, dessen er sich bewußt war, war, daß er dalag und sich selber versuchte: nicht ganz glücklich, nicht ganz — und daß er erwiderte: ja, ganz — dann aber wieder: nicht ganz — ja, ganz — nein, nicht ganz.

Als er erwachte, gedachte er sofort des Tages, betete und fühlte sich gestärkt, wie man es des Morgens zu tun pflegt. Seit dem Sommer hatte er allein in der Bodenkammer geschlafen; er stand jetzt auf, zog behutsam seine neuen, schönen Kleider an; denn solche hatte er noch nie zuvor gehabt. Namentlich war da eine runde Tuchjacke, die er wieder und wieder befühlen mußte, ehe er sich daran gewöhnte. Er zog einen kleinen Spiegel heraus, als er den Kragen umgebunden und die Jacke zum viertenmal angezogen hatte. Als er sich nun sein eignes vergnügtes Gesicht, umrahmt von dem ungewöhnlich hellen Haar, aus dem Spiegel entgegenlächeln sah, fiel es ihm ein, daß dies sicher wieder Eitelkeit wäre. Ja, aber gut und reinlich gekleidet müssen die Leute doch da sein, antwortete er sich, indem er das Gesicht vom Spiegel abwandte, als sei es ein Unrecht, hineinzusehen. — Freilich, aber man darf sich in dieser Beziehung nicht so über sich selbst freuen. — Nein, aber der liebe Gott muß doch auch sein Wohlgefallen daran haben, daß jemand gern gut aussehen mag. — Kann wohl sein, aber es gefiele ihm sicher besser, wenn du hübsch wärest, ohne selber so viel Wert darauf zu legen. — Das ist wahr, aber sieh, es kommt wohl davon, daß alles so neu ist. — Ja, aber dann mußt du es auch nach und nach wieder ablegen. — Er ertappte sich dabei, daß er bald über diesen, bald über jenen Gegenstand selbstprüfende Unterhaltung mit sich führte, damit nicht eine Sünde auf diesen Weg fallen und ihn beflecken möge; aber er wußte auch, daß mehr dazu gehörte.

Als er hinunterkam, saßen die Eltern völlig angekleidet da und warteten mit dem Frühstück auf ihn. Er ging hin und reichte ihnen die Hand und bedankte sich für die Kleider und erhielt ein: „Vertrag sie in Gesundheit!" zur Antwort. Sie setzten sich zu Tische, beteten leise und aßen. Die Mutter deckte den Tisch ab und holte die für den

Kirchgang bestimmte Proviantbütte herein. Der Vater zog seine Jacke an, die Mutter steckte ihre Tücher fest; sie nahmen ihre Gesangbücher, verschlossen das Haus und gingen bergan. Sobald sie auf den obern Weg hinaufgelangt waren, begegneten sie Kirchgängern, zu Wagen und zu Fuß, dazwischen Konfirmanden, und hin und wieder in einer Schar weißhaarige Großeltern, die dies eine Mal noch mitmußten.

Es war ein Herbsttag ohne Sonnenschein, wie es zu sein pflegt, wenn das Wetter umschlagen will. Wolken ballten sich zusammen und zerteilten sich wieder, zuweilen entstanden aus einem größern Gebilde zwanzig kleinere, die über den Himmel dahinjagten wie mit Botschaft an das Unwetter; aber unten auf der Erde war es noch still, das Laub hing entseelt da und zitterte nicht einmal, die Luft war etwas schwül; die Leute hatten Reisemäntel mitgenommen, hatten sie aber nicht an. Eine ungewöhnlich große Menschenmenge hatte sich um die freistehende Kirche versammelt; aber die Konfirmanden gingen sofort in die Kirche, um aufgestellt zu werden, ehe der Gottesdienst begann. Da kam der Schulmeister in blauem Anzug, Rock und Kniehosen, hohen Stiefeln, mit steifer Halsbinde und aus der hintern Rocktasche guckender Pfeife den Gang entlang, nickte und lachte, klopfte hier einem auf die Schulter, sprach dort ein paar Worte mit einem andern und ermahnte ihn, laut und deutlich zu antworten, und gelangte während alledem an die Opferbüchse, wo Öyvind stand und alle Fragen seines Freundes Hans wegen der Reise beantwortete. „Guten Tag, Öyvind, ein schöner Tag heute!" Er faßte ihn beim Kragen seiner Jacke, als wollte er mit ihm reden. „Weißt du, ich habe den besten Glauben von dir. Deswegen habe ich mit dem Pfarrer geredet; du sollst deinen Platz behalten; stell dich oben an als Nummer eins und antworte deutlich!"

Öyvind sah ihn erstaunt an, der Schulmeister nickte

ihm zu, der Knabe ging einige Schritte, stand still, ging wieder einige Schritte, stand wieder still; ja freilich ist es so, er hat beim Pfarrer ein gutes Wort für mich eingelegt! und schnell ging der Junge weiter. — „Du sollst ja doch Nummer eins sein!" flüsterte ihm einer zu. — „Ja," antwortete Öyvind leise, wußte aber noch nicht recht, ob es auch wirklich wahr sei.

Die Aufstellung war beendet, der Pfarrer kam, es wurde eingeläutet, und die Kirchgänger strömten herein. Da sah Öyvind Marit Heidehöfen gerade vor sich stehn, auch sie sah ihn; beide aber waren so ergriffen von der Heiligkeit des Ortes, daß sie nicht wagten, sich zu begrüßen. Er sah nur, daß sie strahlend schön war und schwarzes Haar hatte, mehr sah er nicht. Öyvind, der seit länger als einem halben Jahre so stolze Pläne darauf gebaut hatte, daß er ihr gerade gegenüberstehn würde, vergaß, als es so gekommen war, den Platz und sie, und daß er jemals an so etwas gedacht hatte.

Als alles vorüber war, kamen Verwandte und Bekannte, um ihre Glückwünsche abzustatten; dann kamen seine Kameraden, um Abschied von ihm zu nehmen, da sie gehört hatten, daß er am nächsten Tage reisen solle; dann kamen viele kleinere Kinder, mit denen er auf den Hügeln Schlitten gefahren war, und denen er in der Schule geholfen hatte, und der Abschied ging nicht ganz ohne Tränen ab. Zuletzt kam der Schulmeister, er reichte ihm und den Eltern schweigend die Hand und machte ihnen ein Zeichen, daß sie gehn sollten, er würde sie begleiten. Die vier waren wieder zusammen, und jetzt sollte es der letzte Abend sein. Unterwegs nahmen noch viele von ihm Abschied und wünschten ihm Glück, miteinander aber sprachen sie nicht, ehe sie daheim in der Stube waren.

Der Schulmeister bemühte sich, sie bei gutem Mut zu erhalten; es fehlte nicht viel, daß sie alle drei ein Grauen befiel vor der zweijährigen Trennung, jetzt, wo es soweit war, da sie bisher noch nicht einen Tag fern voneinander gewesen waren; aber keins wollte es sich merken lassen. Je mehr sich der Tag neigte, um so beklommener wurde Öyvind; er wollte hinausgehn, um sich ein wenig zu beruhigen.

Es war schon halb dunkel, und ein eigentümliches Sausen ging durch die Luft; er blieb auf der steinernen Schwelle stehn und sah zum Himmel empor. Da hörte er vom Rande des Berges seinen Namen rufen, ganz leise; es war keine Täuschung, denn es wiederholte sich zweimal. Er sah auf und gewahrte eine weibliche Gestalt, die zwischen den Bäumen kauerte und herabsah. — „Wer ist da?" fragte er. — „Ich höre, daß du fortreisen sollst," sagte sie leise, „da mußte ich zu dir kommen, um dir Lebewohl zu sagen, da du nicht zu mir kommen willst." — „Liebe, bist du es! Ich will zu dir hinaufkommen!" — „Nein, tu das nicht, ich habe schon so lange gewartet, und da müßte ich noch länger warten; niemand weiß, wo ich bin, ich muß eilen, nach Hause zu kommen." — „Es war hübsch von dir, daß du gekommen bist," sagte er. — „Ich konnte den Gedanken nicht ertragen, daß du so abreisen solltest, Öyvind; wir haben einander gekannt, seit wir klein waren." — „Ja, das haben wir." — „Und nun haben wir ein halbes Jahr lang nicht miteinander gesprochen." — „Nein, das taten wir nicht." — „Wir gingen damals auch so sonderbar auseinander." — „Ja — ich glaube, ich muß doch zu dir hinaufkommen." — „Ach nein, tu das nicht! Aber sag mir, du bist mir doch nicht böse?" — „Liebe, wie kannst du das nur glauben!" — „So leb denn wohl, Öyvind, und hab Dank für alles, was wir zusammen erlebt haben." — „Nein, Marit!" — „Ja, jetzt muß ich gehn, sie werden mich vermissen." — „Marit! Marit!" — „Nein, ich wage es nicht, länger fortzubleiben, Öyvind. Lebe wohl!" — „Lebe wohl!"

Wie im Traum ging er den Rest des Abends einher und antwortete wie aus weiter Ferne, wenn man ihn anredete;

sie schrieben es der Abreise zu, was ja ganz natürlich war, und auf diese war auch seine ganze Aufmerksamkeit gerichtet in dem Augenblick, als der Schulmeister am Abend Abschied nahm und ihm etwas in die Hand gab, was, wie er hinterher sah, ein Fünftalerschein war. Als er sich dann aber später niederlegte, dachte er nicht mehr an die Abreise, sondern an die Worte, die vom Bergrande herabgekommen und hinaufgegangen waren. Als Kind durfte sie nicht auf die Bergwand hinaufkommen, weil der Großvater fürchtete, daß sie herabfallen könnte. Vielleicht kommt sie doch noch herab!

8

Liebe Eltern!

Jetzt haben wir viel mehr zu lernen bekommen, aber jetzt bin ich den andern auch mehr nachgekommen, so daß es nicht mehr so schwer ist. Und wenn ich nun wiederkomme, werde ich viel auf Vaters Stelle verändern; denn da ist vieles verkehrt, und es ist wunderbar, daß es so lange gegangen ist. Aber ich werde es alles in Ordnung bringen, denn ich habe jetzt viel gelernt. Ich habe große Lust, auf eine Stelle zu kommen, wo ich alles das verwerten kann, was ich jetzt gelernt habe; deswegen muß ich mir eine große Stelle suchen, wenn ich fertig bin. Hier sagen alle, Jon Hatlen sei nicht so tüchtig, wie bei uns zu Hause gesagt wird, aber er hat einen eignen Hof, so daß es keinen andern angeht als ihn selber. Viele, die von hier fortkommen, erhalten hohen Lohn; aber sie werden so gut bezahlt, weil unsre Ackerbauschule die beste im Lande ist. Einige sagen, daß eine im nächsten Bezirke noch besser sei, aber das ist gar nicht wahr. Hier sind zwei Worte: das eine heißt Theorie und das andre Praxis, und es ist gut, wenn man sie beide hat, denn das eine ist nichts ohne das andre, das letzte ist aber doch das beste. Und das erste Wort bedeutet die Kenntnis der Ursache und des Grundes zu einer Arbeit, das zweite aber bedeutet, die Arbeit ausführen können, wie zum Beispiel jetzt mit einem Sumpfe, denn da sind viele, die wohl wissen, wie sie es bei einem Sumpfe machen sollten, die es aber trotzdem verkehrt machen, denn sie können es nicht. Viele aber können es und wissen es nicht, und daher kann es auch verkehrt gehn, denn es gibt vielerlei Arten von Sümpfen. Aber wir auf der Ackerbauschule, wir lernen beide Worte. Der Direktor ist so flink, daß sich keiner mit ihm messen kann. Bei der letzten landwirtschaftlichen Versammlung, wo sie aus dem ganzen Lande zusammenkamen, stellte er zwei Fragen auf, aber die Direktoren der andern Ackerbauschulen stellten jeder nur eine auf, und es wurde immer so, wie er es sagte, wenn sie sich die Sache erst ordentlich überlegten. Aber auf der letzten Versammlung, wo er nicht war, da redeten sie nur Unsinn. Den Leutnant, der die Landesvermessung lehrt, hat der Direktor nur wegen seiner großen Tüchtigkeit bekommen, denn die andern Schulen haben keinen Leutnant. Aber er ist so flink, daß er auf der Leutnantschule der allerbeste gewesen sein soll.

Der Schulmeister fragt, ob ich in die Kirche gehe. Freilich gehe ich in die Kirche, denn jetzt hat der Pfarrer einen Hilfsprediger bekommen, und der predigt so, daß ihnen allen in der Kirche ganz bange wird, und das ist ein Vergnügen zu hören. Er gehört zu der neuen Religion, die sie in Christiania haben, und die Leute finden, daß er zu strenge ist, aber das ist ihnen nur heilsam.

Augenblicklich lernen wir viel Geschichte, die wir früher nicht gelernt haben, und es ist merkwürdig, alles zu sehen, was in der Welt vorgegangen ist, namentlich aber bei uns. Denn wir haben immer gewonnen, ausgenommen wenn wir verloren haben, und da sind wir sehr in der Minderzahl gewesen. Jetzt haben wir Freiheit, und die hat kein Volk in so hohem Maße wie wir, ausgenommen Amerika, aber da sind sie nicht glücklich. Und unsre Freiheit sollen wir über alles andre lieben.

Jetzt will ich für diesmal schließen; denn ich habe einen sehr langen Brief geschrieben. Der Schulmeister liest wohl den Brief, und wenn er für Euch antwortet, so soll er mir etwas Neues von diesem und jenem erzählen, denn das tut er nicht. Aber seid jetzt vielmals gegrüßt von

Euerm Euch liebenden Sohn
Öyvind Thoresen.

Liebe Eltern!

Jetzt muß ich euch erzählen, daß hier Examen gewesen ist, und ich bin in vielen Fächern vorzüglich durchgekommen, und sehr gut im Schreiben und im Feldmessen, aber nur ziemlich gut in der Ausarbeitung in der Muttersprache. Das kommt davon, sagt der Direktor, daß ich nicht genug gelesen habe, und er hat mir einige Bücher von Ole Vig geschenkt, die wunderschön sind, denn darin verstehe ich alles. Der Direktor ist sehr gut gegen mich, er erzählt uns so vielerlei. Alles hier ist so ganz klein gegen das, was im Auslande ist; wir verstehn beinahe nichts, sondern lernen alles von Schottländern und Schweizern, von den Holländern aber lernen wir die Gartenkunst. Viele reisen hinüber nach diesen Ländern. In Schweden sind sie ja auch viel flinker als wir, und da ist der Direktor selber gewesen. Nun bin ich bald ein Jahr hier gewesen, und ich glaubte, ich hätte vieles gelernt, aber als ich hörte, was die wußten, die ins Examen gingen, und wenn ich daran denke, daß die auch nichts können, wenn sie mit Ausländern zusammenkommen, so werde ich ganz betrübt. Und dann ist der Boden hier in Norwegen so schlecht gegen den im Auslande; es verlohnt sich gar nicht, was wir auch damit anfangen. Außerdem will auch das Volk keine Neuerungen annehmen. Und wenn sie es auch wollten, und wenn auch der Boden viel besser wäre, so haben sie ja doch kein Geld, um ihn zu bebauen. Es ist merkwürdig, daß es gegangen ist, wie es gegangen ist.

Nun bin ich in der obersten Klasse und soll ein Jahr darin sein, ehe ich fertig bin. Aber meine meisten Kameraden sind verreist, und ich sehne mich nach Hause. Es ist mir, als stünde ich ganz allein, obwohl ich das gar nicht tue; aber es ist so wunderlich, wenn man so lange fort gewesen ist. Ich glaubte einstmals, ich würde hier so flink werden, aber damit sieht es traurig aus.

Was soll ich nun anfangen, wenn ich von hier fortkomme? Zuerst will ich natürlich heim, später muß ich mir wohl etwas suchen, aber es darf nicht weit weg sein.

Lebt nun wohl, liebe Eltern! Grüßet alle, die nach mir fragen, und sagt ihnen, daß es mir gut gehe, daß ich mich nun aber nach Hause sehne.

Euer Euch liebender Sohn
Öyvind Thoresen Pladsen.

Lieber Schulmeister!

Hiermit frage ich Dich, ob Du den einliegenden Brief übersenden und mit niemand davon sprechen willst. Und wenn du es nicht willst, dann mußt Du ihn verbrennen.

Öyvind Thoresen Pladsen.

An
die wohllöbliche Jungfrau Marit Knudstochter
   Nordistuen auf den obern Heidehöfen.

Du wirst Dich wohl sehr wundern, wenn Du einen Brief von mir erhältst, aber das sollst Du nicht, denn ich will nur fragen, wie es Dir geht. Darüber mußt Du mich baldmöglichst und in jeder Hinsicht benachrichtigen. Von mir selber ist nur zu melden, daß ich hier in einem Jahre fertig bin.

Ehrerbietigst

Öyvind Pladsen.

An
den Junggesellen Öyvind Pladsen
   auf der Ackerbauschule.

Deinen Brief habe ich richtig vom Schulmeister erhalten,
und ich will Dir antworten, da Du mich darum bittest. Aber
ich fürchte mich davor, weil Du so gelehrt bist, und ich
habe einen Briefsteller, aber der will gar nicht passen. So will
ich es denn versuchen, und Du mußt den Willen für die Tat
nehmen, aber Du darfst es niemand zeigen, denn dann
wärst Du nicht der, für den ich Dich halte. Du sollst den
Brief auch nicht aufbewahren, denn da kann ihn leicht
jemand zu sehen bekommen, sondern Du sollst ihn
verbrennen, und das mußt Du mir versprechen. Es ist so
mancherlei, was ich gern schreiben möchte, was ich aber
nicht recht wage. Wir haben eine gute Ernte gehabt, die
Kartoffeln stehn hoch im Preise, und hier auf den
Heidehöfen haben wir genug davon. Aber der Bär hat
diesen Sommer arg unter dem Vieh gehaust; dem Ole auf
den Niederhöfen hat er zwei Stück Rinder zerrissen, und
unserm Häusler verletzte er eine Kuh so, daß sie
geschlachtet werden mußte. Ich webe an einem sehr großen
Gewebe, es hat Ähnlichkeit mit dem schottischen Zeug, und
es ist sehr schwer. Und nun will ich Dir auch erzählen, daß
ich noch zu Hause bin, und daß andre es gern anders haben
möchten. Jetzt hab ich für diesmal nichts mehr zu schreiben
und deswegen lebe wohl!

                                        Marit Knudstochter.

N. S. Du mußt diesen Brief aber auch wirklich verbrennen.

An

den Agronom Öyvind Thoresen Pladsen.

Das habe ich Dir immer gesagt, Öyvind, daß wer mit Gott wandert, das bessere Teil erwählt hat. Aber nun sollst Du meinen Rat hören, daß Du die Welt nicht mit Sehnsucht und Widerwillen ansiehst, sondern auf Gott vertraust und Dein Herz sich nicht verzehren lässest, denn dann hast Du einen Gott neben ihm. Ferner muß ich Dir zunächst melden, daß sich Dein Vater und Deine Mutter wohlbefinden, ich aber habe Schmerzen in der einen Hüfte; denn jetzt schlägt der Krieg wieder aus und all das, was man gelitten hat. Was die Jugend sät, das erntet das Alter, und zwar am Geist wie am Körper, der jetzt brennt und schmerzt und zu eitel Klage reizet. Aber klagen soll das Alter nicht, denn Weisheit rinnt aus den Wunden, und der Schmerz predigt Geduld, daß der Mensch Kraft gewinne für die letzte Reise. Heute habe ich aus vielerlei Ursache die Feder ergriffen, und zuerst und vor allen Dingen Marits wegen, die ein gottesfürchtiges Mädchen geworden, aber leichtfüßig ist wie ein Renntier und mit vielen Vorsätzen. Sie möchte sich wohl gern an eins halten, kann es aber nicht wegen ihrer Natur, indessen habe ich oft gesehen, daß der Herr gegen ein solches schwaches Herz langmütig und geduldig ist und es nicht über Vermögen versucht, so daß es in Stücke zerbricht, denn sie ist gar sehr zerbrechlich. Den Brief habe ich ihr richtig gegeben, und sie verbarg ihn vor allen, ausgenommen vor ihrem eignen Herzen. Und wenn Gott dieser Sache seinen Segen verleihen will, so habe ich nichts dagegen, denn sie ist eine Augenlust für junge Männer, wie man leicht sehen kann, und sie hat vollauf an irdischen Gütern, und auch die himmlischen hat sie in all ihrer Unbeständigkeit. Denn die Gottesfurcht in ihrem Sinn ist wie das Wasser in einem seichten Teich, es ist da, wenn es regnet, wenn aber die Sonne scheint, so ist es weg.

Jetzt erlauben meine Augen mir nicht mehr, denn sie

sehen gut in die Ferne, schmerzen aber und tränen, wenn ich etwas in der Nähe sehen will. Zum Schluß will ich Dir noch sagen, Öyvind, was Du auch erstrebst und arbeitest, laß allzeit Deinen Gott mit dabei sein, denn wie geschrieben steht: „Es ist besser eine Handvoll mit Ruhe, denn beide Fäuste voll mit Mühe und Jammer" (Pred. Salom. 4, 6).

Dein alter Schulmeister
Baard Andersen Opdal.

An

die wohllöbliche Jungfrau Marit Knudstochter, Heidehöfen.

Ich danke Dir für Deinen Brief, den ich gelesen und verbrannt habe, so wie Du sagst. Du schreibst von vielerlei, aber gar nichts von dem, was ich wollte, daß Du schreiben solltest. Auch wage ich nicht, von etwas Gewissem zu schreiben, ehe ich nicht erfahre, wie es mit Dir *in jeder Beziehung* steht. Der Brief des Schulmeisters sagt nichts, woran man sich halten kann, aber er lobt Dich, und dann sagt er, Du seiest unbeständig. Das warst Du früher auch. Jetzt weiß ich nicht, was ich glauben soll, und deshalb mußt Du schreiben; denn ich bin nicht ruhig, ehe Du geschrieben hast. In dieser Zeit denke ich am häufigsten daran, wie Du am letzten Abend auf den Tanz kamst, und was Du da sagtest. Mehr will ich diesmal nicht sagen, deshalb lebe wohl!

Ehrerbietigst
Öyvind Pladsen.

An
den Junggesellen Öyvind Thoresen Pladsen.

Der Schulmeister hat mir einen neuen Brief von Dir

gegeben, und den habe ich jetzt gelesen. Aber ich verstehe ihn gar nicht, und das kommt wohl daher, daß ich nicht gelehrt bin. Du willst wissen, wie es mir *in jeder Beziehung geht*; ich bin gesund und munter, und mir fehlt nichts. Ich esse sehr gut, namentlich wenn es Milchspeisen gibt; in der Nacht schlafe ich und zuweilen auch am Tage. Ich habe diesen Winter viel getanzt, denn es hat hier viele Tanzfestlichkeiten gegeben, und das ist sehr schön gewesen. Ich gehe in die Kirche, wenn nicht zu viel Schnee liegt, aber der hat in diesem Winter hoch gelegen. Jetzt hast Du wohl alles erfahren, und wenn Du es nicht hast, so weiß ich Dir keinen andern Rat, als daß Du mir noch einmal schreiben mußt.

Marit Knudstochter.

An

die wohllöbliche Jungfrau Marit Knudstochter, Heidehöfen.

Deinen Brief habe ich erhalten, aber Du scheinst mich ebenso klug lassen zu wollen. Vielleicht ist dies auch eine Antwort, ich weiß es nicht. Ich wage nichts von dem zu schreiben, was ich wohl schreiben möchte, denn ich kenne Dich nicht. Aber vielleicht kennst Du mich auch nicht?

Du mußt nicht glauben, daß ich noch der weiche Käse bin, aus dem Du Wasser drücktest, als ich dasaß und Dich tanzen sah. Ich habe seitdem auf vielen Borten gelegen, um zu trocknen. Ich bin auch nicht wie die langhaarigen Hunde, die gleich den Schwanz einziehen und sich vor den Leuten fürchten, so wie ich es früher tat; jetzt lasse ich es darauf ankommen.

Dein Brief war spaßig genug; aber er spaßte, wo gar nichts zu spaßen war; denn Du hast mich sehr wohl verstanden, und da hättest Du einsehen können, daß ich nicht aus Scherz fragte, sondern weil ich in der letzten Zeit an nichts andres zu denken vermag als an das, wonach ich fragte. Ich ging voller Angst und Spannung umher, und da kam eitel Spaß und Gelächter.

Lebe wohl, Marit Heidehöfen, ich will Dich nicht zuviel ansehen, so wie bei jenem Tanz. Mögest Du gut essen und gut schlafen und Dein neues Gewebe zustande bringen, mögest Du vor allem imstande sein, den Schnee wegzuschaufeln, der vor der Kirchentür liegt.

Ehrerbietigst
Öyvind Thoresen Pladsen.

An
den Agronom Öyvind Thoresen Pladsen, Ackerbauschule.

Trotz meines hohen Alters und der Schwäche meiner Augen und des Schmerzes in meiner rechten Hüfte muß ich doch dem Drängen der Jugend nachgeben; denn sie braucht uns Alte, wenn sie sich selber festgerannt hat. Sie schmeichelt und weint, bis sie wieder losgekommen ist, dann läuft sie aber wieder davon und will nichts mehr von uns wissen.

Das ist also Marit; sie gibt mir viele süße Worte, und ich soll mit ihr zugleich schreiben, denn sie getraut sich nicht, allein zu schreiben. Ich habe Deinen Brief gelesen; sie hat sich eingebildet, Jon Hatlen oder einen andern Narren vor sich zu haben, nicht einen, den Schulmeister Baard erzogen hat; aber nun weiß sie sich nicht zu helfen. Und doch bist Du zu strenge geworden, denn es gibt gewisse Frauensleute, die scherzen, um nicht zu weinen, und es ist kein Unterschied zwischen beidem. Es gefällt mir aber, daß Du das Ernste ernsthaft nimmst, denn sonst kannst Du nicht über das lachen, was Spaß ist.

Was nun das Gefallen anlangt, das ihr aneinander habt, so ist das aus vielem ersichtlich. An ihr habe ich oft gezweifelt, denn sie ist wie das Wehen des Windes; allein jetzt weiß ich, daß sie Jon Hatlen doch abgewiesen hat, worüber ihr Großvater in heftigen Zorn geraten ist. Sie freute sich, als Dein Antrag kam, und wenn sie scherzte, so geschah das nicht aus bösem Willen, sondern aus Freude. Sie hat viel ausgestanden, und das hat sie getan, um auf den zu warten, nach dem ihr Sinn stand. Nun aber willst Du sie nicht haben, sondern wirfst sie von Dir wie ein unartiges Kind.

Das war es, was ich Dir erzählen wollte. Und den Rat will ich noch hinzufügen, daß Du Dich mit ihr gründlich aussöhnen mußt, denn an Kampf wird es Dir nicht fehlen. Ich bin wie jener Greis, der drei Geschlechter gesehen hat; ich kenne die Torheiten und ihren Lauf.

Von Deinem Vater und von Deiner Mutter soll ich Dich grüßen. Davon habe ich Dir aber bisher nicht schreiben wollen, daß Dich Dein Herz nicht schmerze. Deinen Vater kennst Du nicht, denn er ist wie der Baum, der keinen Seufzer ausstößt, bis er umgehauen wird. Wenn Dir aber einmal etwas zustößt, da sollst Du ihn kennen lernen, und Du wirst Dich wundern wie über eine reiche Stätte. Er ist bedrückt und schweigsam im Weltlichen gewesen, Deine Mutter aber hat sein Gemüt von weltlicher Angst befreit, und nun klärt es sich auf über Tag.

Jetzt umschleiern sich meine Augen, und die Hand will nicht mehr. Deswegen empfehle ich Dich ihm, dessen Auge immer wacht, und dessen Hand nie ermüdet.

Baard Andersen Opdal.

An
Öyvind Thoresen.

Du scheinst böse auf mich zu sein, und das tut mir sehr leid, denn ich meinte es nicht so, ich meinte es gut. Es fällt mir aufs Herz, daß ich oft nicht so gegen Dich gewesen bin, wie ich sollte, und deshalb will ich Dir nun schreiben, aber Du mußt es niemand zeigen. Einmal hatte ich es, wie ich es haben wollte, und da war ich nicht gut; aber jetzt mag mich niemand mehr, und jetzt geht es mir sehr traurig. Jon Hatlen hat ein Spottgedicht auf mich gemacht, und das singen alle Burschen, und ich wage nicht mehr, zum Tanz zu gehn. Die beiden Alten wissen es, und ich muß böse Worte hören. Aber ich sitze allein und schreibe, und Du mußt es niemand zeigen.

Du hast viel gelernt und könntest mir raten, aber Du bist jetzt weit fort. Ich bin oft unten bei Deinen Eltern gewesen und habe mit Deiner Mutter gesprochen, und wir sind gute Freunde geworden, aber ich wagte nicht, ihr etwas zu sagen, denn Du schreibst so sonderbar. Der Schulmeister macht sich nur lustig über mich, und er weiß nichts von dem Spottlied, denn niemand im Kirchspiel wagt so etwas in seiner Gegenwart zu singen. Jetzt bin ich allein und habe niemand, mit dem ich sprechen könnte; ich denke an die Zeit zurück, als wir Kinder waren, und Du so gut gegen mich warst, und ich immer auf Deinem Schlitten sitzen durfte. Und jetzt wünschte ich, daß ich wieder ein Kind wäre.

Ich darf Dich nicht mehr um Antwort bitten, denn das darf ich nicht. Wolltest Du mir aber nur noch einmal antworten, so würde ich es Dir nie vergessen, Öyvind.

Marit Knudstochter.

Verbrenne diesen Brief, Lieber; ich weiß wirklich nicht, ob ich ihn abschicken darf.

Liebe Marit!

Habe Dank für den Brief; den hast Du in guter Stunde geschrieben. Nun will ich Dir sagen, Marit, daß ich Dich so lieb habe, daß ich es hier kaum mehr aushalten kann. Und wenn Du mich ebenso lieb hast, dann sollen Jons Spottlieder und andre böse Worte nur Blätter sein, deren der Baum zu viele trägt. Seit ich Deinen Brief erhalten habe, fühle ich mich wie ein neuer Mensch, denn es ist doppelte Kraft in mich gefahren, und ich fürchte mich vor niemand auf der ganzen Welt. Als ich den vorigen Brief abgesandt hatte, bereute ich es, so daß ich fast krank davon wurde. Und nun sollst Du hören, was dies zur Folge hatte. Der Direktor nahm mich beiseite und fragte mich, was mir fehle, er meinte, ich arbeite zu viel. Da sagte er mir, wenn mein Jahr um wäre, sollte ich noch ein Jahr hierbleiben, und zwar ganz frei; ich sollte ihm bei diesem und jenem behilflich sein, er aber wolle mich noch viel lehren. Da dachte ich, die Arbeit sei das einzige, woran ich mich halten könne, und ich dankte ihm sehr dafür; und auch jetzt bereue ich es nicht, obwohl ich große Sehnsucht nach Dir habe; denn je länger ich hier bin, mit um so größerm Recht kann ich Dich einstmals begehren. Wie froh bin ich jetzt! Ich arbeite für drei, und nie werde ich in einer Sache zurückstehn! Aber Du sollst ein Buch bekommen, das ich lese, denn darin steht viel von Liebe. Am Abend, wenn die andern schlafen, lese ich darin, und dann lese ich auch Deinen Brief wieder durch. Hast Du Dir wohl unser Wiedersehen vorgestellt? Daran denke ich so oft, und Du sollst es auch versuchen und sehen, wie schön das ist. Aber ich bin froh, daß ich so viel zusammengekritzelt und geschrieben habe, obgleich es mir früher so schwer war; denn jetzt kann ich Dir sagen, was ich will, und in meinem Herzen dazu lächeln.

Viele Bücher will ich Dir zu lesen geben, damit Du sehen kannst, wie viele Widerwärtigkeiten die hatten, die einander wahrhaft liebten, so daß sie lieber vor Gram gestorben wären, als daß sie einander aufgegeben hätten. Und so wollen auch wir es machen, und wollen es mit großer Freude tun. Wohl werden fast zwei Jahre darüber vergehn, bis wir uns wiedersehen, und noch länger, bis wir uns haben werden; aber mit jedem Tage, der vergeht, wird es doch einen Tag weniger; so wollen wir denken, während wir arbeiten.

Mein nächster Brief soll von so vielerlei Dingen handeln, aber heute abend habe ich kein Papier mehr, und die andern schlafen. So will ich mich denn hinlegen und an Dich denken, und das will ich tun, bis ich einschlafe.

Dein Freund
Öyvind Pladsen.

9

An einem Sonnabend im Hochsommer ruderte Thore Pladsen über das Wasser, um seinen Sohn zu holen, der am Nachmittag von der Ackerbauschule heimkehren sollte, wo er sein Studium beendet hatte. Die Mutter hatte mehrere Tage vorher Arbeitsfrauen gehabt, alles war rein und blank, die Kammer war schon vor langer Zeit instand gesetzt, ein Ofen war hineingestellt, und dort sollte Öyvind wohnen. Heute trug die Mutter frisches Laub hinein, legte reines Leinenzeug zurecht und sah von Zeit zu Zeit hinaus, ob wohl ein Boot über das Wasser gerudert käme. Drinnen war ein festlicher Tisch gedeckt, aber immer fehlte noch dies und jenes, oder es waren Fliegen wegzujagen, und in der Kammer lag Staub, immer wieder Staub. Noch kam kein Boot. Sie stützte sich auf das Fensterbrett und schaute hinüber. Da vernahm sie Schritte dicht über sich oben auf dem Wege und wandte den Kopf; es war der Schulmeister, der langsam herunterkam, auf einen Stock gestützt, denn er hatte eine kranke Hüfte. Die klugen Augen blickten ruhig umher; er blieb stehn und ruhte sich aus und nickte ihr zu: „Noch nicht gekommen?" — „Nein, ich erwarte sie jeden Augenblick." — „Gutes Heuwetter heute." — „Aber heiß zum Gehen für alte Leute!" Der Schulmeister sah sie lächelnd an: „Sind junge Leute heute ausgewesen?" — „Freilich, sind aber wieder gegangen." — „Natürlich, ja, werden sich wohl heute abend irgendwo treffen." — „Das werden sie wohl, ja; Thore sagt, sie dürften sich in seinem Hause nicht treffen, ehe sie die Einwilligung des Alten haben." — „Ganz recht, ganz recht!" — Nach einer Weile rief die Mutter: „Ich glaube fast, da kommen sie." — Der

76

Schulmeister sah lange über den Fjord hinaus. — „Ja, das sind sie!" — Sie trat vom Fenster zurück, und er kam herein. Als er etwas geruht und ein wenig getrunken hatte, gingen sie an die See hinab, während das Boot mit schneller Fahrt auf sie zuschoß, denn sowohl der Vater wie der Sohn ruderten. Die Rudernden hatten die Jacken abgeworfen, der Schaum spritzte weiß unter den Rudern auf, deshalb war das Boot bald bei ihnen angelangt. Öyvind wandte den Kopf um und sah auf, er gewahrte die beiden am Anlegeplatz, ließ die Arme auf den Rudern ruhen und rief: „Guten Tag, Mutter! Guten Tag, Schulmeister!" — „Was für eine männliche Stimme er bekommen hat!" sagte die Mutter; sie strahlte über das ganze Gesicht. — „Ach nein, ach nein, er ist noch ebenso hellblond," fügte sie hinzu. Der Schulmeister nahm das Boot in Empfang, der Vater zog die Ruder ein, Öyvind sprang an ihm vorüber und hinauf, gab zuerst der Mutter die Hand, dann dem Schulmeister; er lachte und lachte einmal über das andre, und ganz gegen die Sitte der Bauern erzählte er sofort in einem reißenden Strome von dem Examen, von der Reise, von dem Zeugnis des Direktors und den guten Anerbietungen. Er fragte nach dem Stande der Saaten, den Bekannten, mit Ausnahme einer Einzigen; der Vater war mit dem Gepäck beschäftigt und trug es aus dem Boot heraus, wollte aber auch gern alles hören, deswegen meinte er, es könne hier stehnbleiben, und ging mit ihnen. Und dann gings bergan, Öyvind lachte und erzählte, die Mutter lachte mit, denn sie wußte gar nicht, was sie sagen sollte. Der Schulmeister schleppte sich langsam neben ihnen her und sah ihn mit klugen Blicken an, der Vater folgte ehrerbietig in einer kleinen Entfernung. Und so gelangten sie heim. Er war erfreut über alles, was er sah, zuerst darüber, daß das Haus neu angestrichen war, dann darüber, daß die Mühlwerke erweitert worden waren, und darüber, daß man die Bleieinfassungen der Fenster in der Stube und in der Kammer entfernt hatte, daß das grüne

Glas durch weißes ersetzt worden war und die Fensterrahmen größer gemacht worden waren. Als er hineinkam, war alles so wunderbar klein, wie er es gar nicht mehr in der Erinnerung gehabt hatte, aber so freundlich dabei. Die Uhr gackerte wie eine fette Henne, die Stühle waren so kunstvoll geschnitzt, als wollten sie mitreden, jede Tasse auf dem gedeckten Tische kannte er, der Herd lächelte ihm so weißgekalkt Willkommen zu; das Laub stand duftend an der Wand entlang, Wacholderzweige lagen am Fußboden und zeugten von der festlichen Stimmung. Sie setzten sich hin, um zu essen, aber es wurde doch nicht viel gegessen, denn er plauderte unaufhörlich. Jedes Einzelne betrachtete ihn jetzt mehr mit Ruhe, entdeckte Ähnlichkeiten und Unähnlichkeiten, betrachtete, was ganz neu an ihm war, bis auf den blauen Tuchanzug, den er trug. Einmal, als er eine lange Geschichte von einem seiner Kameraden erzählt hatte und endlich fertig war, worauf eine kleine Pause entstand, sagte der Vater: „Ich verstehe kaum ein Wort von dem, was du sagst, Junge, du sprichst so ungeheuer schnell" — da brachen alle in lautes Gelächter aus, nicht am mindesten Öyvind; er wußte sehr wohl, daß es wahr war, aber es war ihm nicht möglich, langsamer zu sprechen. All das Neue, das er auf seinem großen Ausfluge gesehen und gelernt hatte, hatte seine Einbildungskraft und seine Auffassung dermaßen ergriffen und ihn so aus den gewohnten Geleisen herausgerissen, daß Kräfte, die lange geruht hatten, gleichsam aufschäumten und der Kopf unablässig arbeiten mußte. Ferner bemerkten sie, daß er sich angewöhnt hatte, hier und da zwei, drei Worte vor lauter Geschäftigkeit wieder und wieder zu wiederholen, es war, als stolpere er über sich selber. Bisweilen wirkte das lächerlich, aber dann lachte er selbst, und vergessen war es. Der Schulmeister und der Vater saßen da und gaben acht, ob er etwas von seiner frühern Besonnenheit eingebüßt hätte; aber das schien nicht so: er dachte an alles, erinnerte selber daran, daß das Boot ausgeladen werden müsse, packte sofort selber seine Sachen aus und hängte alles sorgfältig auf, zeigte seine Bücher, seine Uhr, all das Neue, und es sei gut erhalten, sagte die Mutter. Über sein kleines Zimmer war er überglücklich; er wolle fürs erste zu Hause bleiben, sagte er, und bei der Heuernte helfen und studieren. Wohin er später ginge, wisse er noch nicht; aber das sei ihm ganz allerlei. Er hatte eine Schnelligkeit und Kraft des Denkens, die erquickte, und eine Lebhaftigkeit im Ausdruck seiner Gefühle, das den so wohltuend berührt, der das ganze Jahr lang nur daran denkt, sich zurückzuhalten. Der Schulmeister wurde zehn Jahre jünger.

„Jetzt wären wir so weit mit ihm gekommen," sagte er strahlend, als er sich erhob, um zu gehn.

Als die Mutter, die ihn ihrer Gewohnheit gemäß bis an die Schwelle des Hauses begleitet hatte, wieder hereinkam, bat sie Öyvind, ihr in die Kammer zu folgen. — „Da ist jemand, der dich um neun Uhr erwartet," flüsterte sie. — „Wo?" — „Oben auf dem Berge."

Öyvind sah nach der Uhr, sie ging auf neun, es war ihm nicht möglich, im Hause zu warten, er ging hinaus, erklomm den Berg, blieb oben stehn und sah um sich. Das Dach des Hauses lag dicht unter ihm, das Buschwerk auf dem Dache war groß geworden, alles junge Holz ringsumher, wo er stand, war auch gewachsen, und er kannte jeden einzelnen Baum. Er sah den Weg hinab, der am Berge entlang führte, und an dessen andrer Seite der Wald stand. Der Weg lag grau und ernsthaft da, aber der Wald prangte in allerlei Laub. Die Bäume waren hoch und schlank gewachsen; in der kleinen Bucht lag ein Fahrzeug mit schlaffen Segeln; es war mit Planken geladen und wartete auf Wind. Er schaute über das Wasser hinaus, das ihn fort und wieder zurückgetragen hatte; still und blank lag es da, einige Singvögel flogen darüberhin, aber ohne Geschrei, denn es war schon spät. Der Vater kam aus der

Mühle, blieb auf der Schwelle des Hauses stehn, sah hinaus wie der Sohn, ging dann an die See hinab, um das Boot vor der Nacht festzumachen. Die Mutter kam auf der einen Seite aus dem Hause heraus, denn sie war in der Küche gewesen; sie sah zum Berge hinauf, als sie mit Futter für die Hühner zum Holzplatz ging, sah abermals hinauf und summte eine Melodie vor sich hin. Er setzte sich nieder, um zu warten; das Unterholz stand so dicht, daß er nicht weit sehen konnte, aber er lauschte auf das leiseste Geräusch. Lange waren es nur Vögel, die aufflogen und ihn täuschten, bald wieder ein Eichhörnchen, das in einen andern Baum hinüberhüpfte. Endlich aber knackt es in einiger Entfernung, verstummt einen Augenblick, knackt dann wieder; er springt auf, sein Herz pocht, das Blut steigt ihm zu Kopfe; da raschelt es in den Büschen dicht neben ihm, aber es ist ein großer, zottiger Hund, der kommt und ihn betrachtet, auf drei Beinen stehn bleibt und sich nicht rührt. Es war der Hund von den obern Heidehöfen, und dicht hinter ihm raschelt es abermals, der Hund wendet den Kopf und wedelt; jetzt kommt Marit.

Ein Busch hielt ihren Rock fest, sie wandte sich um, um ihn loszumachen, und so stand sie da, als er sie zum erstenmal wiedersah. Sie trug ihr Haar unbedeckt und aufgerollt, so wie die Mädchen an Alltagen zu gehn pflegen, sie hatte ein buntgewürfeltes Mieder ohne Ärmel an, nichts um den Hals außer dem herabfallenden Leinwandkragen; sie hatte sich von der Feldarbeit weggestohlen und hatte nicht gewagt, sich zu putzen. Jetzt sah sie ihn von der Seite an und lächelte; weiß schimmerten die Zähne, und weiß blitzte es unter den halbgeschlossenen Augenlidern; sie stand einen Augenblick da und zupfte an ihrem Rock, dann aber kam sie heran und wurde mit jedem Schritt röter. Er ging ihr entgegen und nahm ihre Hand zwischen seine beiden. Sie sah zu Boden, und so standen sie da.

„Hab Dank für alle deine Briefe,“ war das erste, was er

sagte, und als sie nun ein wenig aufsah und lachte, fühlte er, daß sie der schelmischste Kobold sei, dem er jemals in einem Walde begegnen könnte; aber er war befangen, und sie war es offenbar nicht minder.

„Wie groß du geworden bist!" sagte sie, meinte aber etwas ganz andres. Sie betrachtete ihn mehr und mehr, lachte mehr und mehr, und da lachte er auch; aber sie sagten nichts. Der Hund hatte sich an den Felsrand gesetzt und sah in den Hof hinab. Thore bemerkte diesen Hundekopf unten vom Strande her und konnte bei dem besten Willen nicht begreifen, was es war, das sich da oben auf dem Berge zeigte.

Aber die beiden hatten einander jetzt losgelassen und fingen allmählich an miteinander zu reden. Und als er erst einmal angefangen hatte, wurde er bald so beredt, daß sie über ihn lachen mußte. „Ja, siehst du, das geht mir so, wenn ich fröhlich bin, so recht von Herzen fröhlich, siehst du; und als zwischen uns beiden alles wieder gut geworden war, da war es, als spränge ein Schloß in mir auf, siehst du!" — Sie lachte. Dann sagte sie: „Alle die Briefe, die du mir geschickt hast, die kann ich beinahe auswendig." — „Und ich erst die deinen! Aber du schriebst immer so kurz!" — „Weil du die Briefe immer so lang haben wolltest." — „Und wenn ich wollte, daß wir mehr von einer gewissen Sache schreiben sollten, dann entschlüpftest du mir." — „Ich nehme mich am besten aus, wenn du mich von hinten siehst," sagte die Waldfrau. — „Aber das ist wahr, du hast mir noch nie gesagt, wie du Jon Hatlen losgeworden bist!" — „Ich lachte!" — „Wie?" — „Ich lachte! Weißt du nicht, was Lachen ist?" — „Ja, lachen kann ich!" — „Laß einmal sehen!" — „Hat man je so etwas gehört! Ich muß doch etwas zum Lachen haben!" — „Das habe ich nicht nötig, wenn ich fröhlich bin." — „Bist du jetzt fröhlich, Marit?" — „Lache ich jetzt etwa?" — „Ja, das tust du!" Er nahm ihre beiden Hände und schlug sie wieder und wieder zusammen, so daß es klatschte, während er sie dabei ansah. Plötzlich fing der Hund an zu knurren, dann sträubte er das Haar und setzte sich hin, um in die Tiefe hinabzubellen, er wurde immer aufgeregter und war zuletzt ganz wütend. Marit sprang erschreckt zurück, Öyvind aber eilte an den Abhang und sah hinab. Es war sein Vater, den der Hund anbellte; er stand mit beiden Händen in der Tasche dicht unter dem Berge und sah zu dem Hunde hinauf. — „Bist du da, du auch? Was ist das für ein toller Hund, den du da oben hast?" — „Es ist ein Hund aus den Heidehöfen," sagte Öyvind ein wenig verlegen. — „Wie zum Kuckuck ist denn der da hinaufgekommen?" — Aber die Mutter hatte aus der Küche herausgeguckt, denn sie hatte den schrecklichen Lärm gehört; sie begriff alles, lachte und sagte: „Der Hund läuft hier jeden Tag herum; das ist doch nichts Sonderbares!" — „Es ist aber ein bissiger Köter." — „Er beruhigt sich, wenn man ihn streichelt," meinte Öyvind und tat es; der Hund schwieg, knurrte aber. Der Vater ging arglos ins Haus, und die beiden waren vor der Entdeckung gerettet.

„Ja, diesmal ging es gut," sagte Marit, als sie wieder nebeneinander standen. — „Meinst du, daß es später schlimmer wird?" — „Ich kenne einen, ich, der uns aufpassen wird." — „Dein Großvater?" — „Ja, er!" — „Aber er soll uns nichts tun." — „Niemals!" — „Und das gelobst du?" — „Ja, das gelobe ich, Öyvind!" — „Wie schön du bist, Marit!" — „So sagte der Fuchs zum Raben und bekam den Käse." — „Du kannst mir glauben, ich möchte auch gern den Käse haben." — „Aber du bekommst ihn nicht!" — „Dann nehme ich ihn mir!" — Sie wandte den Kopf ab, und er — nahm ihn nicht. — „Ich will dir etwas sagen, ich, Öyvind" — sie sah ihn von der Seite an. — „Nun?" — „Wie häßlich du geworden bist!" — „Du willst mir den Käse doch wohl geben!" — „Nein, das will ich nicht!" — sie wandte sich von neuem ab.

„Jetzt muß ich gehn, Öyvind." — „Ich will dich begleiten." — „Aber nicht aus dem Wald hinaus, da kann Großvater dich sehen. — Nein, nicht aus dem Walde hinaus!" — „Du läufst ja so, Liebe!" — „Wir können hier doch nicht nebeneinander gehn." — „Aber das nennt man doch nicht begleiten!" — „So greife mich!" — Sie lief, er hinterdrein, und sie blieb hängen, so daß er sie fangen konnte. — „Hab ich dich nun für immer gefangen, Marit?" — er hatte die Hand um ihre Taille. — „Ich glaube es," sagte sie leise und lachte, errötete aber gleich darauf und wurde wieder ernsthaft. — Nein, jetzt muß es geschehen, dachte er, umfaßte sie und wollte sie küssen; sie aber bog den Kopf unter seinem Arm durch, lachte und lief davon. Bei den letzten Bäumen blieb sie jedoch stehn. „Wann werden wir uns wiedersehen?" fragte sie leise. — „Morgen, morgen," flüsterte er zurück. — „Ja, morgen!" — „Leb wohl!" Sie lief davon. — „Marit!" — Er blieb stehn. — „Du, es war sonderbar, daß wir uns zuerst oben auf dem Berge getroffen haben." — „Ja, das war es auch!" Sie lief weiter.

Lange sah er ihr nach, der Hund sprang vor ihr her und bellte, sie lief hinter ihm her und beschwichtigte ihn. Er wandte sich um, nahm seine Mütze, warf sie in die Höhe, fing sie wieder auf und warf sie nochmals in die Höhe. — „Jetzt glaub ich wirklich, daß ich anfange fröhlich zu werden, ich," sagte der Bursche und ging singend heim.

10

Eines Nachmittags, als die Mutter und ein Mädchen Heu zusammenharkten, das der Vater und Öyvind hineintrugen, kam ein kleiner, barfüßiger, barhäuptiger Junge über Hügel und Felder dahergesprungen und gab Öyvind einen Zettel. — „Du kannst aber laufen!" sagte Öyvind. — „Ich bin dafür bezahlt!" sagte der Junge. Auf die Frage, ob er Antwort bringen solle, sagte er nein, und er nahm den Weg nach Hause über den Berg, denn auf dem Wege käme jemand hinter ihm her, sagte er. Öyvind öffnete mühsam den Zettel, denn er war erst zu einem Streifen zusammengelegt, dann verschlungen und dann versiegelt, und auf dem Zettel stand:

„Jetzt ist er auf dem Wege, aber es geht langsam. Lauf in den Wald und verstecke Dich.

Die Bewußte."

Als ob ich das täte! dachte Öyvind und sah trotzig zu den Bergen empor. Es währte auch nicht lange, bis ganz oben auf dem Berge ein alter Mann sichtbar wurde, sich ein wenig ausruhte, eine Strecke ging, sich wieder ausruhte; sowohl Thore als seine Frau hielten mit der Arbeit inne, um ihn zu beobachten. Thore aber lächelte bald, die Frau hingegen wechselte die Farbe. „Kennst du ihn?" — „Ja, da ist ein Irrtum nicht gut möglich."

Vater und Sohn fingen wieder an, Heu hineinzutragen; aber der Sohn wußte es so einzurichten, daß sie immer zusammenblieben. Der Alte oben auf dem Berge kam langsam näher wie ein schweres Gewitter, das von Westen her heraufzieht. Er war sehr groß und ziemlich korpulent;

er hatte schlimme Füße und ging Schritt für Schritt, indem er sich schwerfällig auf einen Stock stützte. Er kam bald so nahe heran, daß sie ihn genau sehen konnten. Er blieb stehn, nahm die Mütze vom Kopf und trocknete den Schweiß mit einem Taschentuch. Er war ganz kahl bis hintenüber; er hatte ein rundes, runzliges Gesicht, kleine stechende, zwinkernde Augen, buschige Brauen und noch alle Zähne im Munde. Wenn er sprach, war es mit einer scharfen und gellenden Stimme, als hüpfe sie über Kies und Stein; auf einem R aber ruhte sie hin und wieder mit großem Wohlbehagen, rollte mehrere Ellen lang darüberhin und machte dabei einen gewaltigen Sprung im Tone. Er war in seinen jungen Jahren als munterer aber etwas heftiger Mann bekannt gewesen; jetzt im Alter war er infolge von mancherlei Widerwärtigkeiten jähzornig und mißtrauisch geworden.

Thore und Öyvind waren schon oftmals hin und her gegangen, ehe Ole bis zu ihnen gelangt war; sie begriffen beide, daß er nicht in guter Absicht kam, deshalb war es um so komischer, daß er nicht ans Ziel gelangen konnte. Sie mußten beide höchst ernsthaft einhergehn und ganz leise sprechen; da dies aber kein Ende nehmen wollte, wurde es lächerlich. Nur ein halbes Wort, wenn es trifft, kann unter solchen Umständen Lachen hervorrufen, namentlich wenn mit dem Lachen Gefahr verbunden ist. Als er schließlich nur noch wenige Schritte entfernt war, die aber nie ein Ende nehmen wollten, sagte Öyvind ganz trocken und leise: „Er muß schwer geladen haben, der Mann!" — Und das genügte. — „Ich glaube, du bist nicht klug," flüsterte der Vater, mußte aber selber lachen. — „Hm! hm!" räusperte sich Ole oben auf dem Berge. — „Er macht die Stimme klar!" flüsterte Thore. Öyvind kniete vor einem Heuhaufen nieder, steckte den Kopf ins Heu und lachte. Auch der Vater beugte sich hinunter. — „Laß uns in die Scheune hineingehn," flüsterte er, nahm einen Arm voll Heu und trabte damit ab;

Öyvind nahm ein kleines Bündel, lief hinterdrein, krümmte sich vor Lachen und warf sich auf die Tenne nieder. Der Vater war ein ernster Mann, brachte ihn aber erst jemand ins Lachen, so gluckste es erst in ihm, dann wurde es immer stärker, wie abgerissene Triller, bis sie in eine einzige lange Lache zusammenflossen, worauf Welle auf Welle folgte mit immer größerer Macht. Jetzt war er in Zug gekommen, der Sohn lag am Boden, der Vater stand über ihn gebeugt, und beide lachten, daß es schallte. Sie hatten bisweilen solche Lachanfälle, aber dieser käme ungelegen, meinte der Vater. Schließlich wußten sie nicht mehr, wie es werden sollte, denn der Alte mußte ja allmählich den Hof erreicht haben. — „Ich gehe nicht hinaus," sagte der Vater; „ich habe nichts mit ihm zu tun." — „Ja, dann gehe ich auch nicht hinaus," erwiderte Öyvind. — „Hm, hm," erklang es draußen vor der Scheunentür. Der Vater drohte dem Burschen: „Mach, daß du hinauskommst!" — „Ja, geh du nur erst!" — „Nein, willst du dich wohl packen!" — „Ja, geh du nur erst!" Und sie klopften sich gegenseitig ab und gingen dann höchst ernsthaft hinaus. Als sie unten an die hölzerne Brücke kamen, sahen sie Ole vor der Küchentür stehn, als bedächte er sich. Er hielt die Mütze in der Hand, in der er den Stock hielt, und trocknete mit dem Taschentuch den Schweiß von dem kahlen Kopfe, strich aber auch die Haarbüschel hinter den Ohren und im Nacken hinauf, so daß sie wie Stacheln in die Höhe starrten. Öyvind hielt sich hinter dem Vater, dieser mußte deswegen stillstehn, und um der Sache ein Ende zu machen, sagte er in ganz ernstem Tone: „Wagen sich so alte Leute noch auf den Berg?" — Ole wandte sich um, sah ihn scharf an und setzte seine Mütze wieder zurecht, ehe er antwortete: „Ja, das scheint so!" — „Du mußt müde sein, willst du nicht hineinkommen?" — „Ach, ich kann mich hier ausruhen, wo ich stehe, mein Geschäft währt nicht lange." — Aus der Küchentür guckte jemand heraus; zwischen ihr und Thore stand der alte Ole, den

Mützenschirm tief über den Augen, denn die Mütze war ihm jetzt, wo er das Haar verloren hatte, zu groß geworden. Um sehen zu können, legte er den Kopf weit hintenüber, den Stock hielt er in der rechten Hand, und die Linke stemmte er in die Seite, wenn er nicht gerade gestikulierte. Aber das tat er nur so, daß er den Arm in halber Länge vor sich hinstreckte und ihn dort, als Wächter seiner Würde, stillhielt. — „Ist das dein Sohn, der da hinter dir steht?" begann er mit kräftiger Stimme. — „Man sagt es." — „Er heißt Öyvind, nicht wahr?" — „Ja, man nennt ihn Öyvind." — „Er ist auf einer von diesen Ackerbauschulen dort im Süden gewesen?" — „So etwas ähnliches war es, ja." — „Nein, das Mädchen, meine Tochtertochter, die Marit, ja, die ist in der letzten Zeit verrückt geworden." — „Das ist ja traurig!" — „Sie will sich nicht verheiraten!" — „Nein wirklich?" — „Sie will keinen von den Bauernsöhnen haben, die sich um sie bewerben." — „So?" — „Aber das soll die Schuld von dem sein, der da steht!" — „Was du sagst!" — „Er soll ihr den Kopf ganz verdreht haben; ja der da, dein Sohn!" — „Das wäre doch des Teufels!" — „Siehst du, ich leide es nicht, daß mir jemand meine Pferde stiehlt, wenn ich sie ins Gebirge auf die Weide schicke, ich leids auch nicht, daß mir jemand meine Töchter nimmt, wenn ich sie zum Tanze gehn lasse, ich leide es durchaus nicht!" — „Nein, das versteht sich." — „Ich kann nicht hinterher laufen; ich bin alt, ich kann nicht aufpassen." — „Nein nein, nein nein!" — „Ja, siehst du, Ordnung muß in allem sein; hier soll der Haublock stehn, und dort soll das Beil liegen und da das Messer, und hier müssen sie ausfegen, und da müssen sie es hinauswerfen, nicht vor die Tür, sondern da in die Ecke, gerade dorthin, ja, und nirgend anderswohin. Also, wenn ich zu ihr sage: Nicht der, sondern der, so muß der es sein und nicht der!" — „Natürlich!" — „Aber so ist es eben nicht; drei Jahre lang hat sie nein gesagt, und drei Jahre lang ist es nicht gut gewesen zwischen uns. Das ist schlimm, und wenn er es ist, der die Veranlassung dazu ist, so will ich ihm nur sagen, so daß du es hörst, du, sein Vater, daß es ihm nichts nützt, daß die Sache ein Ende haben muß." — „Ja ja!" — Ole sah Thore eine Weile an, dann sagte er: „Du antwortest so kurz." — „Die Wurst ist nicht länger."

Hier mußte Öyvind lachen, obwohl ihm eigentlich gar nicht danach zumute war. Aber bei unverzagten Menschen steht die Furcht beständig auf der Grenze des Lachens, und jetzt neigte es auf diese Seite bei ihm. — „Worüber lachst du?" fragte Ole kurz und scharf. — „Ich?" — „Lachst du über mich?" — „Gott bewahre mich davor!" — aber seine eigne Antwort erweckte wieder seine Lachlust. Ole bemerkte das und wurde ganz wütend. Sowohl Thore als Öyvind wollten es wieder gutmachen, indem sie ein ernstes Gesicht aufsetzten und den Alten aufforderten, hineinzugehn; aber hier machte sich ein seit drei Jahren verhaltner Groll Luft, und deswegen war er nicht zurückzuhalten. — „Du brauchst nicht zu denken, daß du mich zum Narren machen kannst," fing er an; „ich bin in meinem vollen Recht, ich sorge für das Glück meines Kindeskinds, so wie ich es verstehe, und das Lachen eines jungen Windhunds hindert mich nicht daran. Man zieht die Mädchen nicht dazu auf, daß man sie in die erste beste Häuslerstelle hineinwirft, die sich auftun will, und man wirtschaftet nicht vierzig Jahre, um dem ersten, der der Dirne den Kopf verdreht, die ganze Bescherung an den Hals zu werfen. Meine Tochter trieb es so lange, bis sie sich schließlich mit einem Landstreicher verheiraten mußte, und er trank sie beide zu Tode, und ich mußte das Kind zu mir nehmen und die Zeche bezahlen. Aber Tod und Teufel, wenn es meiner Tochtertochter ebenso ergehn soll, jetzt weißt du es! Und das will ich dir sagen, so wahr ich Ole Nordistuen auf den Heidehöfen bin, eher soll der Pfarrer die Kobolde droben im Nordalswalde zur Hochzeit aufbieten, als daß er deinen und

Marits Namen von der Kanzel wirft, du Gelbschnabel! Willst du mir vielleicht die anständigen Freier vom Hofe verscheuchen? Ja, versuch es nur zu kommen, dann sollst du eine solche Reise den Berg hinabmachen, daß die Schuhe hinter dir herdampfen, du Fratzenschneider du! Du glaubst am Ende, ich wüßte nicht, woran ihr denkt, du und sie. Ja, ihr denkt, daß der alte Nordistuen bald draußen auf dem Kirchhofe die Nase in die Luft stecken wird, und dann wollt ihr vor den Altar treten. Nein, jetzt habe ich sechsundsechzig Jahre gelebt, und ich will euch beweisen, ich, mein Junge, daß ich leben werde, bis ihr die Bleichsucht darüber bekommt, alle beide! Und das will ich dir doch noch sagen, ich, du kannst dich wie neuer Schnee um die Hauswände legen, und du sollst doch ihre Fußsohlen nicht sehen, denn ich schicke sie aus dem Kirchspiel fort, ich schicke sie dahin, wo sie in Sicherheit ist, dann kannst du hier umherflattern wie ein Spottvogel und dich mit Regen und Nordwind verheiraten. Und weiter habe ich dir nichts zu sagen; aber nun kennst du, der du sein Vater bist, meine Meinung, und wenn du es gut mit ihm meinst, um den es sich hier handelt, da mußt du ihn dazu bringen, daß er den Strom dahin lenkt, wo er fließen kann; über meinen Hof ist ihm der Weg verboten." — Er wandte sich mit kleinen, schnellen Schritten ab, indem er den rechten Fuß immer ein wenig höher hob als den linken und fortwährend vor sich hinbrummte.

Ein tiefer Ernst hatte sich der Zurückbleibenden bemächtigt; ein böses Vorzeichen hatte sich in ihren Scherz und ihr Lachen gemischt, und das Haus stand einen Augenblick leer wie nach einem Schrecken. Die Mutter, die von der Küchentür aus alles mit angehört hatte, sah Öyvind bekümmert an, sie war dem Weinen nahe, wollte aber kein Wort sagen, um ihm das Herz nicht noch schwerer zu machen. Als sie alle stillschweigend hineingegangen waren, setzte sich der Vater ans Fenster und sah Ole mit ernstem

Gesicht nach. Öyvinds Augen hingen an seinem leisesten Mienenspiel; denn in seinem ersten Wort mußte ja fast die ganze Zukunft des jungen Paares liegen. Setzte ihnen Thore in Gemeinschaft mit Ole ein Nein entgegen, dann war es wohl eine Unmöglichkeit, daran vorbeizukommen. Aufgeschreckt schweiften seine Gedanken von einem Hindernis zum andern; einen Augenblick sah er nichts als Armut, bösen Willen, Mißverständnisse und gekränktes Ehrgefühl, und jede Stütze, die er ergreifen wollte, entglitt ihm unter der Wucht der Gedanken. Es vermehrte seine Unruhe noch, daß die Mutter mit der Hand auf der Türklinke dastand, unentschlossen, ob sie sich das Herz fassen und hereinkommen und die Entscheidung abwarten solle, und schließlich den Mut völlig verlor und hinausschlich. Öyvind sah unverwandt den Vater an, der seinen Blick nicht zu beobachten schien; auch der Sohn wagte nicht zu sprechen, denn er mußte den Vater doch erst seine Gedanken zu Ende denken lassen. Aber gerade jetzt hatte die Seele die Bahn ihrer Angst ausgelaufen und gewann wieder Fassung: schließlich vermag uns doch niemand als Gott allein zu trennen, dachte er und beobachtete die gerunzelte Stirn des Vaters. — Nun würde wohl bald etwas kommen. — Thore seufzte tief auf, erhob sich, sah auf und begegnete dem Blick des Sohnes. Er blieb stehn und sah ihn lange an. — „Mein Wunsch wäre, daß du ihr entsagtest, denn man soll sich nichts erbetteln oder ertrotzen. Willst du aber nicht von ihr lassen, so kannst du es mir gelegentlich sagen; vielleicht kann ich dir dann helfen." — Er ging an seine Arbeit, und der Sohn folgte ihm.

Am Abend aber hatte Öyvind seinen Plan gemacht; er wollte sich um die Stelle eines Bezirksagronomen bemühen und wollte den Direktor und den Schulmeister bitten, ihm dabei behilflich zu sein. — Hält sie nur aus, so will ich sie schon mit Gottes Hilfe durch meine Arbeit gewinnen.

Vergebens wartete er diesen Abend auf Marit, aber während
er dort auf und nieder ging, sang er sein Lieblingslied:

Den Kopf empor, du junges Blut!
Ob auch ein Fehlschlag weh dir tut,
Du mußt nicht gleich verzagen,
Du wirst es doch erjagen.

Den Kopf empor! Schau grade aus,
Es ruft das Leben dich hinaus
Mit vielen tausend Zungen,
Nur fröhlich vorgedrungen!

Den Kopf empor! Sei dir bewußt
Des Himmels in der eignen Brust.
Das Gute und das Schöne
Klingt drin wie Harfentöne.

Den Kopf empor! Sing es hinaus:
Die Knospe schwillt trotz Sturmesbraus,
Wo Frühlingskräfte gären,
Da kann kein Winter währen.

Den Kopf empor! Den ficht nichts an,
Der frohes Herzens hoffen kann.
Wer hofft, dem kann nichts rauben
Die Liebe und den Glauben.

11

Es war mitten in der Mittagsruhe; auf den großen Heidehöfen schliefen die Leute. Das Heu lag zusammengeharkt auf der Wiese, und die Rechen standen in die Erde gesteckt da. Unten an der Scheunenbrücke standen die Heuwagen, das Sielengeschirr lag abgeschirrt daneben, und die Pferde weideten angepflöckt eine kleine Strecke davon. Außer ihnen und einigen Hühnern, die sich ins Feld verlaufen hatten, sah man in der ganzen Ebene kein lebendes Wesen.

Im Gebirge oberhalb der Felswand war eine Schlucht, durch die der Weg zu den großen, grasreichen Gebirgsweiden der Heidehöfe führte. Droben in der Schlucht stand heute ein Mann und sah in die Ebene hinab, so, als erwarte er jemand. Hinter ihm lag ein kleiner Gebirgssee, von dem ein Bach herunterfloß, der diese Schlucht im Felsen gebildet hatte. Um diesen See herum führten zu beiden Seiten Viehwege nach der Alm hinauf, die er von weitem übersehen konnte. Jodeln und Hundebellen klang ihm entgegen, und zwischen den Bergen erschallten die Herdenglocken, denn die Kühe tummelten sich und suchten den See auf, Hunde und Kuhjungen wollten sie zusammentreiben; es gelang ihnen aber nicht. Die Kühe kamen mit den wunderlichsten Sprüngen heruntergesetzt und liefen mit kurzem, zornigem Gebrüll, den Schwanz hoch erhoben, geradeswegs ins Wasser hinein, wo sie stehnblieben; ihre Glocken schollen jedesmal, wenn sie den Kopf bewegten, über das Wasser dahin. Die Hunde tranken ein wenig, blieben aber auf festem Lande; die Kuhjungen kamen ihnen nach und setzten sich auf den warmen glatten

Bergabhang. Hier kramten sie ihr Essen heraus, tauschten miteinander, prahlten mit ihren Hunden, Ochsen und Hausgenossen gegeneinander, zogen sich dann aus und sprangen zu den Kühen ins Wasser. Die Hunde wollten nicht mit hinein, sondern lungerten träge und mit hängenden Köpfen und heißem Auge umher, während ihnen die Zunge an der einen Seite aus dem Rachen hing. Ringsumher an den Felswänden ließ sich kein Vogel blicken, kein Laut vernehmen, außer dem Geplauder der Kuhjungen und dem Läuten der Glocken; das Heidekraut stand versengt und verbrannt da, die Sonne erhitzte die Bergwände, so daß alles lechzte vor Wärme.

Aber es war Öyvind, der dort oben in der Mittagssonne saß und wartete. Er saß in Hemdsärmeln dicht neben dem Bach, der aus dem See rann. Noch immer zeigte sich niemand in dem Heidehoftal, und er begann schon unruhig zu werden, als plötzlich ein großer Hund schwerfällig aus einer Tür in Nordistuen herauskam, und hinter ihm drein ein Mädchen in Hemdsärmeln. Sie sprang über die Wiesen dahin und den Berg hinab; er hatte große Lust, hinabzujodeln, aber er wagte es nicht. Er sah aufmerksam auf den Hof hinab, ob auch nicht jemand zufällig herauskäme und sie bemerkte, aber da war sie schon im Schutz angelangt, und er erhob sich mehrmals voller Ungeduld. Endlich kam sie denn auch, indem sie sich mühsam am Bach entlang emporarbeitete; der Hund lief dicht vor ihr her und witterte in der Luft, sie hielt sich am Gesträuch fest, und immer müder wurde ihr Gang. Öyvind eilte hinab, der Hund knurrte, wurde aber zum Schweigen gebracht; aber sobald Marit ihn kommen sah, setzte sie sich, dunkelrot vor Hitze, matt und erschöpft auf einen großen Stein. Er warf sich auf den Stein daneben: „Hab Dank, daß du gekommen bist! Was für eine Hitze, und was für ein Weg!" — „Hast du schon lange gewartet?" — „Nein. Seit sie uns des Abends aufpassen, müssen wir ja die Mittagsstunde benutzen. Aber in Zukunft, denke ich, wollen wir uns die Sache nicht so heimlich und mühselig machen; gerade darüber wollte ich mit dir reden." — „Nicht heimlich?" — „Ich weiß wohl, daß es dir am besten gefällt, wenn es heimlich zugeht; aber es gefällt dir auch, Mut zu zeigen. Heute bin ich gekommen, um lange mit dir zu reden, und jetzt mußt du mich anhören." — „Ist es wahr, daß du Bezirksagronom werden willst?" — „Ja, und ich werde die Stelle wohl auch erhalten. Damit verfolge ich einen doppelten Zweck: zunächst den, eine Stellung zu erringen, dann aber, und zwar vor allen Dingen, den, etwas auszurichten, was dein Großvater sehen und beurteilen kann. Es trifft sich so glücklich, daß die meisten Hofbesitzer auf den Heidehöfen jüngere Leute sind, die Verbesserungen wünschen und Hilfe begehren; Geld haben sie auch. Damit will ich anfangen; ich will alles verbessern, von ihren Viehställen bis zu ihren Wasserleitungen, ich will Vorträge halten und arbeiten, ich will, sozusagen, den Alten mit guten Taten belagern." — „Das ist keck gesprochen, was aber weiter, Öyvind?" — „Ja, das andre soll von uns beiden handeln. Du darfst nicht reisen." — „Wenn er es nun aber befiehlt?" — „Und du darfst nichts verheimlichen, was uns beide angeht." — „Wenn er mich aber quält!" — „Durch offnes Auftreten erreichen wir aber mehr und beschützen uns besser. Wir wollen gerade so viel unter den Augen der Leute sein, daß sie immer davon reden müssen, wie wir zueinander halten; um so eher werden sie wünschen, daß es uns gut ergehn möge. Du darfst nicht reisen. Die Getrennten setzen sich Gefahren aus, und es kann sich Klatsch zwischen sie drängen. Im ersten Jahre glauben wir nichts, im zweiten aber können wir anfangen, allmählich zu glauben. Wir beide wollen uns einmal wöchentlich treffen und über all das Böse lachen, das sich zwischen uns drängen will. Wir müssen uns beim Tanz treffen können und uns im Takte drehen, daß es nur so singt, während unsre Verleumder ringsumher sitzen. Wir wollen uns vor der Kirche treffen und uns begrüßen, daß alle es sehen können, die uns hundert Meilen weit voneinander wünschen. Dichtet jemand ein Spottlied über uns, so setzen wir uns zusammen und versuchen unsrerseits, eins zu machen, das ihnen die Antwort nicht schuldig bleibt; das wird schon gehn, wenn wir uns gegenseitig helfen. Niemand kann uns etwas anhaben, wenn wir zusammenhalten und den Leuten auch *zeigen*, daß wir es tun. Unglückliche Liebe findet man nur bei furchtsamen Leuten, oder bei schwachen oder kranken Leuten, oder bei berechnenden Leuten, die auf eine Gelegenheit warten, bei listigen Leuten, die schließlich an ihrer eignen List zugrunde gehn, oder bei sinnlichen Leuten, die sich nicht so innig lieben, daß Stand und Unterschied vergessen werden kann — die verstecken sich, schicken sich Briefe, zittern bei jedem Worte, und die Furcht, diese beständige Unruhe, dieses Prickeln im Blut halten sie dann schließlich für Liebe; sie fühlen sich unglücklich und zerfließen wie Zucker. Pah, so ein Liebespaar! Hätten sie sich nur wahrhaft lieb, dann fürchteten sie sich nicht, dann lachten sie, dann gingen sie in jedem Lächeln, in jedem Wort offen auf die Kirchentür zu. Ich habe davon in Büchern gelesen und habe es selber auch schon gesehen: es ist schlecht bestellt mit der Liebe, die auf Schleichwegen geht. Sie muß in Heimlichkeit beginnen, weil sie in Verschämtheit beginnt, sie muß aber offen leben, weil sie in Freude lebt. Es geht damit wie mit dem Wechsel des Laubes; was wachsen soll, kann sich nicht verbergen, und jedenfalls siehst du, daß all das, was am Baume trocken ist, abfällt, sobald das neue Laub ausschlägt. Zu wem die Liebe kommt, der läßt fahren, was er an altem, an totem Kram festhielt, die Säfte quellen und steigen, und das sollte niemand merken? Ju — ju, Mädchen, sie sollen fröhlich werden, wenn sie uns fröhlich sehen; zwei Verlobte, die ausharren, erweisen den Leuten eine Wohltat, denn sie

schenken ihnen ein Gedicht, das die Kinder zur
Beschämung der ungläubigen Eltern auswendig lernen. Ich
habe von so vielen Liebenden dieser Art gelesen, es leben
auch hier im Kirchspiel einige in der Leute Mund, und
gerade die Kinder von denen, die einstmals all dieses Böse
verübten, erzählen es jetzt und sind darüber gerührt. Ja,
Marit, jetzt wollen wir beide einander die Hand geben, und
dann wollen wir uns geloben, zusammenzuhalten, und
dann wird auch alles gut gehn, hurra!" — Er wollte ihren
Kopf zu sich ziehen, sie aber wandte sich ab und ließ sich
von dem Steine hinabgleiten.

Er blieb sitzen, sie kam zurück, und mit den Armen auf
seinen Knien blieb sie stehn und sprach mit ihm, während
sie zu ihm aufblickte. — „Hör einmal, Öyvind, wenn er nun
aber will, daß ich reisen soll, was dann?" — „Dann sollst du
geradeheraus nein sagen." — „Lieber, geht das wohl an?" —
„Er kann dich doch nicht in den Wagen hinaustragen." —
„Wenn er auch nicht gerade das tut, so kann er mich doch
auf mancherlei andre Weise zwingen." — „Das glaube ich
nicht; Gehorsam bist du ihm ja schuldig, solange es keine
Sünde ist; aber du bist es ihm auch schuldig, ihn deutlich
fühlen zu lassen, wie schwer es dir diesmal wird, gehorsam
zu sein. Ich glaube, er wird sich bedenken, wenn er das
sieht; jetzt glaubt er wie die meisten, daß es nur Kinderei sei.
Zeig ihm, daß es mehr ist." — „Du kannst mir glauben, mit
ihm ist nicht zu spaßen. Er bewacht mich wie eine
angepflöckte Geiß." — „Aber du zerreißt die Leine jeden Tag
ein paarmal." — „Das ist nicht wahr." — „Ja, jedesmal,
wenn du heimlich an mich denkst, so zerreißt du sie." —
„Ach so, ja! Bist du aber auch sicher, daß ich so oft an dich
denke?" — „Sonst säßt du nicht hier." — „Lieber, du ließt
mir ja sagen, ich sollte hierherkommen." — „Aber du kamst,
weil deine Gedanken dich trieben." — „Oder auch, weil das
Wetter so schön war." — „Du sagtest vorhin, es sei zu
warm." — „Den Berg hinaufzugehn, ja, aber nicht, ihn

wieder *hinab*zugehn." — „Weswegen gingst du denn hinauf?" — „Um wieder hinabspringen zu können." — „Weshalb bist du denn noch nicht gesprungen?" — „Weil ich mich ausruhen mußte." — „Und weil du mit mir von Liebe plaudern wolltest." — „Ich konnte dir ja gern die Freude machen, dich anzuhören." — „Während's Vöglein sang — — und das andre schlief ein — — und die Glocke erklang — — im grünen Hain."

In diesem Augenblick sahen sie beide Marits Großvater auf den Hof hinaushumpeln und an die Glocke gehn, um die Leute zu wecken. Aus Scheunen, Schuppen und Stuben kamen die Leute heraus, gingen verschlafen zu den Pferden und den Harken, zerstreuten sich auf dem Felde, und bald darauf herrschte überall wieder Leben und Arbeit. Nur der Großvater ging aus dem einen Gebäude heraus und in das andre hinein, schließlich stieg er auf die höchste Scheunenbrücke und sah sich um. Ein kleiner Junge kam auf ihn zugesprungen, wahrscheinlich hatte er ihn gerufen. Darauf lief der Knabe richtig in der Richtung fort, wo Öyvinds Elternhaus lag; der Großvater humpelte indes auf dem Hof umher, indem er oft hinaufschaute und wohl keine Ahnung davon hatte, daß das Schwarze da droben auf dem ‚Großen Stein‘ Marit und Öyvind waren. Zum zweitenmal aber bereitete Marits großer Hund Ungelegenheiten. Er sah ein fremdes Pferd auf die Heidehöfe einlenken, und da er glaubte, er befände sich mitten in seinem Hofgeschäft, so fing er an, aus Leibeskräften zu bellen. Sie suchten den Hund zu beschwichtigen, der aber war böse geworden und wollte nicht wieder aufhören; unten stand der Großvater und starrte gerade in die Höhe. Aber die Sache sollte noch schlimmer werden, denn alle Hirtenhunde hörten voller Staunen die fremde Stimme und eilten herbei. Als sie sahen, daß es ein großer wolfähnlicher Riese war, fuhren alle die struppigen Finnenhunde auf diesen einen ein; Marit erschrak so sehr, daß sie ohne Abschied davonlief. Öyvind stürzte sich mitten in den Kampf hinein, stieß mit den Füßen und schlug, aber sie verlegten nur den Walplatz und fuhren dann unter grausamem Geheul und Gebeiße wieder aufeinander ein, er aufs neue hinterdrein, und so fort, bis sie sich an das Ufer des Baches wälzten. Da lief er hinzu, und die Folge war, daß sie alle ins Wasser platschten, und zwar gerade da, wo es sehr tief war; da zogen sie sich beschämt auseinander, und so endete diese Waldschlacht. Öyvind ging durch den Wald, bis er an die Landstraße gelangte, Marit aber begegnete dem Großvater oben an dem Hofzaun; das hatte sie dem Hunde zu verdanken.

„Wo kommst du her?" — „Aus dem Walde." — „Was hast du da getan?" — „Beeren gepflückt." — „Das ist nicht wahr." — „Nein, das ist es auch nicht." — „Was hast du da getan?" — „Ich habe mit jemand gesprochen." — „Mit dem Häuslerjungen?" — „Ja." — „Höre nun, Marit, morgen verreist du!" — „Nein!" — „Höre nun, Marit, ich will dir jetzt eins sagen, nur das eine: du *sollst* reisen!" — „Du kannst mich nicht in den Wagen heben!" — „Ich? Kann ich das nicht?" — „Nein, denn du willst es gar nicht." — „Ich will es nicht? Höre nun, Marit, nur des Scherzes halber, siehst du, nur des Scherzes halber will ich dir erzählen, daß ich diesem deinem Lumpenbub die Rippen im Leibe zerschlagen will." — „Nein, das wagst du gar nicht." — „Ich wage es nicht? Du sagst, ich wage es nicht? Wer sollte mir wohl etwas tun; wer, wenn ich fragen darf?" — „Der Schulmeister!" — „Der Schul — Schul — Schulmeister? Glaubst du, daß der sich um ihn kümmert, du?" — „Ja, *er* ist es, der ihn auf der Ackerbauschule erhalten hat." — „Der Schulmeister?" — „Der Schulmeister!"

„Höre nun, Marit, ich will von diesem Gelaufe nichts wissen, du mußt aus dem Kirchspiel fort! Du machst mir nichts als Kummer und Sorge; so war es mit deiner Mutter auch, nichts als Kummer und Sorge. Ich bin ein alter Mann, ich will dich gut versorgt sehen; ich will um dieser

Geschichte willen nicht wie ein Narr in der Leute Mund sein; ich will ja nur dein Bestes, das mußt du doch einsehen, Marit. Bald wird es mit mir vorbei sein, dann stehst du da; wie würde es deiner Mutter ergangen sein, wenn ich nicht dagewesen wäre? Höre nun, Marit, sei verständig, achte auf das, was ich dir sage, ich will nur dein Bestes!" — „Nein, das willst du nicht!" — „So? Was will ich denn?" — „Deinen Willen haben willst du, weiter nichts; aber nach dem meinen fragst du gar nicht." — „Du willst vielleicht auch schon einen Willen haben, du Grünschnabel? Du willst dich vielleicht auf dein eignes Beste verstehen, du, du Närrin? Ich will dir die Rute geben, das will ich, so groß und so lang du bist! Höre nun, Marit, ich will in aller Freundlichkeit mit dir reden; du bist im Grunde gar nicht so verrückt, du bist nur irregeleitet. Du mußt mich anhören; ich bin ein alter, vernünftiger Mann. Wir wollen ganz ruhig miteinander reden; es steht gar nicht so gut mit mir, wie die Leute glauben; ein armer, loser Vogel kann gar bald mit dem Wenigen davonfliegen, was ich habe; dein Vater hat mein Vermögen arg mitgenommen, der. Laß uns in dieser Welt für uns selber sorgen, sie ist es nicht besser wert. Der Schulmeister hat gut reden, denn der hat selber Geld; und der Pfarrer hat auch Geld, die können gut predigen, die. Aber wir, die wir uns für das tägliche Brot abmühen müssen, mit uns ist es eine andre Sache. Ich bin alt, ich bin erfahren, ich habe vielerlei gesehen; die Liebe, siehst du, die mag ganz gut sein, dazu, daß man davon redet, ja; aber das taugt nichts; das ist ganz gut für Pfarrersleute und solche Art, die Bauern müssen die Sache anders auffassen. Erst das tägliche Brot, siehst du, dann Gottes Wort, und dann ein wenig Schreiben und Rechnen, und dann ein wenig Liebe, wenn sich das gerade so macht; aber es nützt dem Teufel was, mit der Liebe anzufangen und mit dem täglichen Brot enden zu wollen! Was antwortest du darauf, Marit?" — „Ich weiß nicht." — „Du weißt nicht, was du darauf antworten sollst?" — „Doch, das weiß ich." — „Nun denn?" — „Soll ich es sagen?" — „Gewiß sollst du es sagen." — „Ich halte große Stücke auf die Liebe." — Er stand einen Augenblick ganz entsetzt da, dachte dann an die Hunderte von ähnlichen Gesprächen, die einen ähnlichen Ausgang gehabt hatten, schüttelte den Kopf, wandte sich ab und ging.

Er fiel über die Tagelöhner her, schalt die Mägde, prügelte den großen Hund und ängstigte ein kleines Huhn, das auf den Acker hinausgeraten war, fast zu Tode. Zu ihr aber sagte er nichts.

Als Marit an diesem Abend hinaufging, um sich schlafen zu legen, war sie so froh, daß sie das Fenster öffnete, sich hinauslehnte und sang. Sie hatte ein kleines, feines Liebeslied erhalten, das sang sie.

Liebst du mich, wie ich
Herzlich liebe dich,
Fehlt mir nichts zu meinem Glücke.
Ach wie ist so weit
Nun die Sommerszeit;
Doch sie kehrt im nächsten Jahr zurücke.

Sitzt ein Vögelein
Vor dem Fenster mein,
Mit dem Schnabel pocht es an die Scheiben:
Meine Liebe ists,
Die mir sagt: Ihr wißts,
Treu, ja treu wollt ihr euch ewig bleiben!

Und es zwitschert leis:
Ob ers wirklich weiß
Hinterm Wald mit all den dichten Zweigen?
Bricht die Nacht herein,
Möchtst du bei ihm sein,
Soll ich her zu dir den Weg ihm zeigen?

Stille, rühr dich nicht!
Nein, das tat ich nicht,
Nicht ein Wort hab ich gesagt von Küssen;
Hast du das gehört,
Warst du ganz betört,
Würde mich ja vor ihm schämen müssen!

Ungesprochnes Wort,
Das kann doch nicht fort
Huschen wie ein Vogel durch die Bäume.
Gute, gute Nacht!
Ob dein Auge lacht,
Liebster, heute mir durch meine Träume?

Jetzt geh ich zur Ruh,
Schließ die Augen zu,
Botschaft wird von dir der Traum mir bringen.
Mehr willst ja von mir,
Mehr will ich von dir
Nicht, als daß dir leis die Ohren klingen.

12

Mehrere Jahre sind seit diesem letzten Auftritt vergangen.

Es ist Herbst, der Schulmeister kommt nach Nordistuen heraufgegangen, öffnet die äußere Tür, findet niemand zu Hause, öffnet noch eine Tür, findet niemand zu Hause, geht dann immer weiter bis in die innerste Kammer des langen Gebäudes; dort sitzt Ole Nordistuen allein vor dem Bett und betrachtet seine Hände.

Der Schulmeister grüßt und wird willkommen geheißen; er nimmt einen Schemel und setzt sich vor Ole. „Du hast einen Boten nach mir geschickt," sagt er. — „Ja, das habe ich getan."

Der Schulmeister nimmt einen neuen Priem, sieht sich in der Kammer um, greift nach einem Buche, das auf der Bank liegt, und blättert darin. — „Was wolltest du denn von mir?" — „Ich sitze hier gerade und denke darüber nach."

Der Schulmeister läßt sich Zeit, zieht seine Brille hervor, um den Titel des Buches zu lesen, putzt sie und setzt sie auf. — „Du wirst nun alt, Ole." — „Ja, gerade darüber wollte ich mit dir sprechen. Es geht bergab mit mir, bald liege ich da." — „Dann sorge dafür, daß du eine sanfte Ruhe bekommst, Ole" — er schließt das Buch, sitzt da und sieht nach dem Fenster hinaus.

„Das ist ein gutes Buch, das du da in den Händen hast." — „Es ist nicht übel; bist du oft über den Einband hinausgekommen, Ole?" — „Hm; in der letzten Zeit, da —"

Der Schulmeister legt das Buch hin und steckt die Brille wieder ein. — „Es geht dir jetzt wohl nicht nach Wunsch, Ole?" — „Nach Wunsch ist es mir nicht gegangen, solange ich zurückdenken kann." — „Ja, so war es auch lange Zeit mit mir. Ich lebte in Unfrieden mit einem guten Freund und wollte, *er* sollte zu *mir* kommen, und so lange war ich unglücklich. Da kam ich auf den Gedanken, zu *ihm* zu gehn, und seither ist es mir wieder gut ergangen." — Ole steht auf und schweigt.

Der Schulmeister: „Wie denkst du denn, daß es mit dem Hofe geht, Ole?" — „Bergab, so wie mit mir selber." — „Wer soll ihn übernehmen, wenn du fortgehst?" — „Das ist es ja, was ich nicht weiß; und das ist es auch, was mich quält."

„Deinen Nachbarn geht es jetzt gut, Ole." — „Ja, die haben auch den Agronomen zur Hilfe, die."

Der Schulmeister wendet sich gleichgültig nach dem Fenster: „Du würdest auch Hilfe haben, du auch, Ole. Viel gehn kannst du nicht mehr, und vom neuen Stil hast du keine Ahnung." — Ole: „Da ist niemand, der mir helfen wollte." — „Hast du schon darum *gebeten*?" — Ole schweigt.

Schulmeister: „Ich stand lange so mit dem lieben Gott, ich. ‚Du bist nicht gut mit mir,' sagte ich zu ihm. ‚Hast du mich darum gebeten?' fragte er. Nein, das hatte ich nicht getan; so bat ich denn, und seither ist es sehr gut gegangen." — Ole schweigt, aber nun schweigt auch der Schulmeister.

Endlich sagt Ole: „Ich habe eine Enkelin, sie weiß, was mir Freude machen würde, ehe ich heimfahre, aber sie tut es nicht." — Der Schulmeister lächelt: „Vielleicht würde das ihr keine Freude machen." — Ole schweigt.

Schulmeister: „Da sind viele Dinge, die dich bekümmern; aber soweit ich verstehn kann, dreht es sich doch schließlich alles um den Hof." — Ole sagt leise: „Er ist seit vielen Geschlechtern in der Familie gewesen, und der Boden ist gut. Alles das, was Vater nach Vater im Schweiße des Angesichts geschaffen haben, liegt darin, aber jetzt will hier nichts mehr gedeihen. Auch weiß ich nicht, wenn sie mich nun hinausfahren werden, wer hier dann einfahren wird. Aus diesem Geschlechte wird er nicht sein." — „Die, die deiner Tochter Tochter ist, wird das Geschlecht fortpflanzen." — „Aber der, den sie nimmt, wie wird der auf dem Hofe wirtschaften? Das muß ich wissen, ehe ich mich niederlege. Es hat Eile, Baard, mit mir und mit dem Hofe."

Sie schwiegen beide; endlich sagte der Schulmeister: „Wollen wir nicht ein wenig hinausgehn und uns auf dem Hofe umsehen bei dem schönen Wetter?" — „Ja, laß uns das tun! Ich habe Arbeiter oben im Gebirge, sie sollen Laub herunterholen, aber sie arbeiten nicht, wenn ich nicht immer dabei stehe." — Er humpelte hin, um die große Mütze und den Stock zu holen, und sagte derweil: „Sie mögen nicht gern bei mir arbeiten; ich begreife es nicht." — Als sie glücklich hinausgekommen waren und um die Ecke des Hauses bogen, blieb er stehn: „Da siehst du es! Keine Ordnung! Das Holz ist ringsumher geworfen, das Beil ist nicht in den Block gehauen." — Er bückte sich mühsam, hob es auf und schlug es hinein. — „Da siehst du, daß ein Fell heruntergefallen ist, hat es aber jemand wieder aufgehängt?" — Er tat es selbst. — „Und hier die Vorratskammer; meinst du, daß die Treppe wieder weggenommen ist?" — Er trug sie auf die Seite. Da blieb er stehn, sah den Schulmeister an und sagte: „So geht es tagaus, tagein."

Als sie bergauf gingen, hörten sie einen fröhlichen Gesang von den Bergabhängen herab. — „Ei, sie singen ja zur Arbeit," sagte der Schulmeister. — „Das ist der kleine Knud Östistuen, der da singt; er holt Laub für seinen Vater. Dort arbeiten meine Leute; die singen sicher nicht." — „Dies ist doch keine von den Weisen aus dem Kirchspiel, dies." — „Nein, ich höre es!" — „Öyvind Pladsen ist viel drüben in Östistuen gewesen; vielleicht ist es eine von denen, die er mit heimgebracht hat, denn wo er ist, da wird gesungen." — Hierauf erfolgte keine Antwort.

Das Feld, über das sie gingen, war nicht gut; es

entbehrte der Pflege. Der Schulmeister bemerkte es, und da blieb Ole stehn. — „Ich habe keine Kraft mehr dazu," sagte er beinahe erschüttert. — „Fremde Arbeiter ohne Beaufsichtigung werden zu kostbar. Aber es ist schwer, über so ein Feld zu gehn, das kannst du mir glauben."

Als dann das Gespräch zwischen ihnen auf die Größe des Gehöfts kam, und was am meisten der Pflege bedürfe, beschlossen sie, den Abhang hinaufzugehn, um das Ganze zu übersehen. Als sie endlich an einen hochgelegnen Punkt gelangt waren und alles überblickten, war der Alte sehr bewegt: „Ich möchte dies alles nicht gern so verlassen. Wir haben da unten gearbeitet, meine Vorfahren wie ich, aber es ist nichts davon zu sehen."

Da erschallte unmittelbar über ihnen ein Lied, aber mit der eigentümlichen Schärfe gesungen, wie sie der Knabenstimme eigen ist, wenn sie so recht drauflos singt. Sie waren nicht weit von dem Baum, in dessen Wipfel der kleine Knud Östistuen saß und Laub für seinen Vater abschlug, und sie mußten auf den Knaben lauschen:

Willst du auf den Berg hinauf
Und dein Bündel schnüren,
Packe dir nicht mehr darauf,
Als du leicht kannst führen.
Nimm nicht mit des Tales Zwang
Auf die grünen Triften,
Wirf ihn ab mit frohem Sang,
Laß ihn in den Klüften.

Vögel grüßen dich vom Zweig,
Laß den Klatsch da unten;
Höher, immer höher steig,
Und du wirst gesunden.
Sing dir frei und leicht die Brust!
Aus den Büschen blicken

Kindheitsträume voller Lust,
Grüßen dich und nicken.

Schaust du in die Runde weit,
Bleibst du lauschend stehen,
Wird das Lied der Einsamkeit
Mächtig dich umwehen.
Leise nur die Bächlein gehn,
Nur die Steine rollen;
Du, du wirst es neu verstehn,
Dein vergeßnes Wollen.

Bebe nur, du bange Seel,
Du wirst überwinden!
Frieden wirst, was dich auch quäl,
Du dort droben finden.
Mosen und Elias wirst
Und den Herrn du schauen,
Nicht mehr in der Fremde irrst
Du mit Gottvertrauen.

Ole hatte sich niedergesetzt und sein Gesicht in den Händen geborgen. — „Hier will ich mit dir reden," sagte der Schulmeister und setzte sich neben ihn.

***

Unten in Pladsen war Öyvind eben von einer längern Reise zurückgekehrt, der Wagen stand noch vor der Tür, da das Pferd sich ausruhen mußte. Obwohl Öyvind jetzt einen guten Verdienst als Bezirksagronom hatte, wohnte er doch noch bei den Eltern in seiner kleinen Kammer unten in Pladsen und half ihnen in jeder freien Stunde. Pladsen war nach jeder Richtung hin verbessert worden, aber es war so klein, daß Öyvind das Ganze Mutters Puppenstube nannte, denn es war namentlich sie, die die Ackerwirtschaft betrieb.

Er hatte sich gerade umgezogen, der Vater war weißbestäubt aus der Mühle heimgekehrt und hatte sich ebenfalls umgezogen. Sie standen gerade da und sprachen darüber, daß sie vor dem Abendessen noch ein wenig hinausgehn wollten, als die Mutter ganz bleich hereinkam: „Es kommen seltne Gäste auf unser Haus zu, Lieber, sieh nur einmal hinaus!" — Beide Männer eilten ans Fenster, und Öyvind war es, der zuerst ausrief: „Das ist der Schulmeister und — ja, ich glaube fast — ja natürlich ist ers!" — „Ja, das ist der alte Ole Nordistuen," sagte auch Thore, indem er sich vom Fenster abwandte, um nicht gesehen zu werden; denn die beiden waren schon vor dem Hause.

Öyvind erhielt einen Blick von dem Schulmeister, als er das Fenster verließ. Baard lächelte und sah nach dem alten Ole zurück, der an seinem Stock mit den kleinen kurzen Schritten dahergehumpelt kam, wobei er immer das eine Bein etwas höher hob als das andre.

Man hörte den Schulmeister draußen sagen: „Er ist offenbar erst eben wieder heimgekommen;" worauf Ole zweimal: „Na na!" antwortete.

Sie standen lange draußen auf der Diele still; die Mutter hatte sich in der Ecke verkrochen, wo das Milchbort stand, Öyvind hatte seinen Lieblingsplatz eingenommen, indem er sich nämlich mit dem Rücken gegen den großen Tisch lehnte und das Gesicht der Tür zuwandte, der Vater saß neben ihm. Endlich wurde angeklopft, und herein trat der Schulmeister und nahm den Hut ab, dann kam Ole, der ebenfalls die Mütze abnahm, worauf er sich nach der Tür umkehrte, um sie zu schließen. Alle seine Bewegungen waren langsam, er war offenbar verlegen. Thore erhob sich und bat sie, Platz zu nehmen; sie setzten sich nebeneinander auf die Bank vor das Fenster, Thore setzte sich auch wieder.

Aber so, wie ich es nun erzähle, trug sich die Werbung zu.

Der Schulmeister: „Wir haben doch noch schönes Wetter diesen Herbst bekommen." — Thore: „Das hat sich nun so gewandt." — „Der Wind wird sich wohl noch lange halten, da er nach der Richtung hin umgeschlagen ist." — „Seid ihr da oben mit der Ernte fertig?" — „Noch nicht; Ole Nordistuen hier, den du vielleicht kennst, möchte gern deine Hilfe haben, Öyvind, falls sonst nichts im Wege ist." — Öyvind: „Wenn er sie verlangt, will ich tun, was ich vermag." — „Ja, so auf den Augenblick meinte er es eigentlich nicht. Er findet, daß es nicht recht vorwärtsgeht mit dem Hofe, und er glaubt, daß es an der richtigen Methode und der nötigen Aufsicht fehlt." — Öyvind: „Ich bin nur so wenig zu Hause." — Der Schulmeister sieht Ole an. Dieser fühlt, daß er jetzt ins Feuer rücken muß, räuspert sich ein paarmal und beginnt dann kurz und bündig: „Es war — es ist — ja, meine Absicht war, daß du ein festes — ja, daß du da oben bei uns wie zu Hause sein sollst — daß du da sein sollst, wenn du nicht auswärts bist." — „Vielen Dank für das Anerbieten, aber ich möchte gern da wohnen bleiben, wo ich wohne." — Ole sieht den Schulmeister an, und dieser sagt: „Ole scheint heute nicht den rechten Ausdruck finden zu können. Die Sache ist die, daß er schon früher einmal hier gewesen ist, und die Erinnerung daran verwirrt ihn, so daß er die Worte nicht recht finden kann." — Ole rasch: „So ist es, ja; es war ein dummer Streich von mir, aber ich hatte mich so lange mit dem Mädchen herumgezankt, bis mir schließlich die Geduld riß. Laßt es aber vergessen und vergeben sein. Der Wind schlägt das Korn nieder, nicht aber ein kalter Lufthauch. Der Regenbach löst keine großen Steine; Schnee im Mai bleibt nicht lange liegen; es ist nicht der Donner, der die Menschen erschlägt." — Sie lachen alle vier; der Schulmeister sagt: „Ole meint, du sollst nicht länger daran denken, und du auch nicht, Thore." — Ole sieht sie an und weiß nicht, ob er fortfahren darf. Da sagt Thore: „Der Dornbusch greift mit vielen

109

Zähnen zu, aber er reißt keine Wunden. In mir haftet kein Dorn mehr." — Ole: „Ich kannte den Burschen damals nicht. Jetzt sehe ich, daß es wächst, wenn er sät; der Herbst entspricht dem Frühling, in seinen Fingerspitzen sitzt Geld, und ich möchte ihn gern fest haben."

Öyvind sieht den Vater und dieser die Mutter an, die ihrerseits wieder zu dem Schulmeister hinüberblickt, und dann sehen alle ihn an. — „Ole meint, er habe einen großen Hof." — Ole unterbricht ihn: „Einen großen Hof, aber schlecht bewirtschaftet; ich kann nicht mehr, ich bin alt, und die Beine wollen nicht mehr so wie der Kopf. Aber es verlohnte sich schon, da oben alle Kraft dranzusetzen." — „Es ist der größte Hof im Kirchspiel, und zwar weitaus," fällt der Schulmeister ein. — „Der größte Hof im Kirchspiel, das ist ja gerade das Unglück, denn große Schuhe verliert man; es ist ganz schön, wenn das Gewehr gut ist, aber man muß es heben können!" Und indem er sich schnell zu Öyvind wendet: „Du könntest vielleicht mit zugreifen, du?" — „Ich sollte also Verwalter auf dem Hofe sein?" — „Freilich, ja; du sollst den Hof ja haben." — „Soll ich den Hof *haben*!" — „Freilich, ja; dann wirst du ihn wohl verwalten." — „Aber —" — Ole sieht den Schulmeister verwundert an. — „Öyvind fragt noch, ob er Marit auch haben soll?" — Ole schnell: „Marit mit in den Kauf, Marit mit in den Kauf!" — Da lachte Öyvind hell auf und sprang hoch in die Höhe, und alle drei stimmen in sein Lachen ein. Öyvind rieb sich die Hände, lief in der Stube auf und nieder und wiederholte einmal über das andre: „Marit mit in den Kauf! Marit mit in den Kauf!" — Thore lachte, daß es laut schluchzte; die Mutter sah den Sohn von ihrer Ecke aus unverwandt an, bis ihr die Tränen in die Augen traten.

Ole sehr gespannt: „Wie denkst du über den Hof?" — „Vorzüglicher Boden!" — „Vorzüglicher Boden, nicht wahr?" — „Unvergleichliche Weiden!" — „Unvergleichliche Weiden! Wird es wohl gehn?" — „Es soll der beste Hof im ganzen

Bezirk werden!" — „Der beste Hof im ganzen Bezirk! Glaubst du das, meinst du das?" — „So wahr ich hier stehe." — „Ja, habe ich das nicht gesagt?" — Sie sprachen beide gleich schnell und paßten zueinander wie zwei Wagenräder. — „Aber Geld, siehst du, Geld, ich habe kein Geld!" — „Ohne Geld geht es langsam, aber es wird schon gehn!" — „Es geht! Freilich wird es gehn! Aber hätten wir Geld, ginge es schneller, meinst du?" — „Ungleich schneller!" — „Ungleich schneller? Hätten wir doch Geld! Nun ja, wer nicht mehr alle Zähne hat, kann auch kauen; wer mit Ochsen fährt, kommt auch ans Ziel."

Die Mutter stand da und blinkte Thore zu, der sie kurz, aber häufig von der Seite angesehen hatte, während er sich mit dem Oberkörper hin und her wiegte und mit seinen Händen über die Knie hinabstrich; der Schulmeister zwinkerte ihm zu, Thore öffnete den Mund, räusperte sich ein wenig und nahm einen Anlauf, aber Ole und Öyvind sprachen unaufhörlich durcheinander, lachten und lärmten, so daß kein andrer zu Worte kommen konnte.

„Ihr müßt einen Augenblick schweigen, Thore hat auch etwas zu sagen," fiel ihnen der Schulmeister in die Rede; sie halten inne und sehen Thore an. Endlich beginnt dieser ganz leise: „Auf dieser Stelle ist es immer so gewesen, daß wir eine Mühle gehabt haben; in der letzten Zeit war es so, daß wir sogar zwei gehabt haben. Diese Mühlen haben immer, jahraus, jahrein, einen kleinen Groschen eingebracht; aber weder mein Vater noch ich haben von dem Gelde gebraucht, ausgenommen damals, als Öyvind fort war. Der Schulmeister hat das Geld verwaltet, und er sagt, es hätte da, wo es untergebracht ist, gute Zinsen getragen. Aber nun wird es wohl das beste sein, wenn Öyvind es für Nordistuen bekommt." — Die Mutter stand hinten in ihrer Ecke und machte sich ganz klein, aber sie betrachtete Thore mit strahlender Freude, der sehr ernsthaft dasaß und beinahe dumm aussah. Ole Nordistuen saß ihm mit weit geöffnetem Munde gegenüber. Öyvind war der erste, der sich von seiner Überraschung erholte. „Ist es nicht, als ob das Glück mich verfolgte!" schrie er, ging durch das Zimmer auf den Vater zu und klopfte ihm auf die Schulter, daß es klatschte. — „Du, Vater!" sagte er, rieb sich die Hände und ging weiter.

„Wieviel Geld mag es wohl sein?" fragte endlich Ole den Schulmeister, aber leise. — „Es ist gar nicht so wenig." — „Einige Hundert?" — „Ein wenig mehr." — „Ein wenig mehr? Öyvind, ein wenig mehr! Gott bewahr mich, was für ein Hof soll das werden!" Er erhob sich und lachte laut.

„Ich muß dich zu Marit hinaufbegleiten," sagt Öyvind; „wir nehmen den Wagen, der draußen steht, dann geht es schnell." — „Ja, schnell, schnell! Willst du auch immer alles schnell haben?" — „Ja, schnell und wie toll!" — „Schnell und wie toll! Akkurat so wie ich in meiner Jugend, akkurat so!" — „Hier ist die Mütze und der Stock, jetzt jage ich dich fort!" — „Du jagst mich fort? Ha ha! Aber du kommst mit, nicht wahr, du kommst mit? Kommt ihr andern auch mit! Heute abend müssen wir beisammensitzen, solange Glut in der Kohle ist; kommt mit!" — Sie versprachen es, Öyvind half ihm auf den Wagen hinauf, und sie fuhren davon, nach Nordistuen. Da oben war der große Hund nicht der einzige, der sich wunderte, als Ole Nordistuen mit Öyvind Pladsen auf den Hof gefahren kam. Während Öyvind ihm vom Wagen herunterhalf und Gesinde und Tagelöhner sie angafften, kam Marit auf die Diele heraus, um zu sehen, weshalb der Hund so anhaltend bellte, blieb aber wie festgewurzelt stehn, wurde glühendrot und lief wieder hinein. Der alte Ole rief indessen so entsetzlich nach ihr, sobald sie in die Stube gekommen waren, daß sie wieder zum Vorschein kommen mußte. — „Geh hin und putz dich, Mädchen, hier steht der, der den Hof haben soll!"

„Ist das wahr?" ruft sie, ohne es selber zu wissen, so laut, daß es schallt. — „Ja, es ist wahr!" antwortet Öyvind und klatscht in die Hände. Da dreht sie sich auf dem Absatz herum, wirft das, was sie in der Hand hat, hin und läuft hinaus; Öyvind ihr nach.

Bald kommen der Schulmeister, Thore und seine Frau; der Alte hatte Licht angezündet und ein weißes Tischtuch über den Tisch breiten lassen. Wein und Bier wurde gereicht, und er selber ging unablässig umher, hob die Beine noch höher als gewöhnlich, aber doch beständig den rechten Fuß etwas höher als den linken.

Ehe diese kleine Erzählung aus ist, muß noch berichtet werden, daß Öyvind und Marit fünf Wochen später in der Kirche des Sprengels getraut wurden. Der Schulmeister leitete selbst an diesem Tage den Gesang, da sein Hilfsküster krank war. Seine Stimme klang jetzt ein wenig dünn, denn er war alt; Öyvind aber meinte, es tue gut, ihn zu hören. Und als er Marit die Hand gegeben und sie an den Altar geführt hatte, nickte ihm der Schulmeister vom Chore herab zu, gerade so, wie Öyvind es gesehen hatte, als er bei jenem Tanzfest so traurig dasaß; er nickte wieder, während ihm die Tränen in die Augen traten.

Jene Tränen bei dem Tanze waren der Ursprung von diesen gewesen, und zwischen ihnen lag sein Glaube und seine Arbeit.

Hier endet die Geschichte von dem fröhlichen Burschen.

Im folgenden sind die Änderungen am Originaltext aufgeführt. Unter der Beschreibung der Änderung steht jeweils zuerst die Textstelle im Original, dann die geänderte Textstelle.

- Seite 15: „es" geändert zu „er":
  Abend kam, tat es das. Er ging auf die
  Stubentür zu und lauschte; da
  Abend kam, tat er das. Er ging auf die
  Stubentür zu und lauschte; da

- Seite 51: „Knudstocher" geändert zu
  „Knudstochter":
  Jetzt hab ich für diesmal nichts mehr zu
  schreiben und deswegen lebe wohl!
  Marit Knudstocher.
  Jetzt hab ich für diesmal nichts mehr zu
  schreiben und deswegen lebe wohl!
  Marit Knudstochter.

- Seite 59: Doppeltes „sich" gelöscht:
  festlichen Stimmung. Sie setzten sich sich
  hin, um zu essen, aber es
  festlichen Stimmung. Sie setzten sich hin,
  um zu essen, aber es

- Seite 60: „daß" geändert zu „das":
  nicht möglich, langsamer zu sprechen. All
  das Neue, daß er auf
  nicht möglich, langsamer zu sprechen. All

das Neue, das er auf

- Seite 65: „Jungen" geändert zu „Jahren":
  dabei einen gewaltigen Sprung im Tone. Er
  war in seinen jungen Jungen
  dabei einen gewaltigen Sprung im Tone. Er
  war in seinen jungen Jahren

- Seite 82: Fehlendes „ist" ergänzt:
  da unten gearbeitet, meine Vorfahren wie
  ich, aber es nichts davon
  da unten gearbeitet, meine Vorfahren wie
  ich, aber es ist nichts davon

- Seite 86: „Er" geändert zu „Es":
  aber es wird schon gehn!" — „Er geht!
  Freilich wird es gehn! Aber
  aber es wird schon gehn!" — „Es geht!
  Freilich wird es gehn! Aber

www.ingramcontent.com/pod-product-compliance
Lightning Source LLC
Chambersburg PA
CBHW032148010726
47493CB00008BA/2628